恋かたみ

狸穴あいあい坂

諸田玲子

集英社文庫

目次

春の雪 7
鬼の宿 51
駆け落ち 91
星の坂 129
恋の形見 169
お婆さまの猫 197
雪見船 239
盗難騒ぎ 269
解説 高橋千劔破 310

本文イラスト　村上豊

恋かたみ

狸穴《まみあな》あいあい坂

春の雪

一

春というのに、お江戸は時ならぬ雪景色。

鳥居坂も一本松坂も芋洗《いもあらい》坂も長坂も南部坂もくらやみ坂も、そして狸穴《まみあな》坂も、すっぽり雪に覆われている。坂の多い麻布界隈《あざぶかいわい》は、積雪ともなると歩きづらい。

「あっしとしたことが……へへ、面目もございやせん」

使いに出た帰り道、狸穴坂を下る際にすべって転んだとやら、百介《ももすけ》は足をひきずって帰って来た。百介は結寿《ゆず》の祖父、溝口幸左衛門《みぞぐちこうざえもん》の小者《こもの》で、かつては吉原の幇間《ほうかん》だった。酒席で客を笑わせていた男は身軽で敏捷《びんしょう》が自慢、それでも急勾配の坂道には往生している。

結寿は、坂の下の狸穴町で、祖父や百介と共に借家暮らしをしている。実家は同じ麻布の竜土《りゅうど》町にあり、火盗改方《かとうあらためかた》与力をつとめる父の幸一郎《こういちろう》と継母の絹代《きぬよ》、弟妹はそちらの屋敷に住んでいた。両親の反対を押し切って狸穴へやって来たのは、隠居した祖父の世話をするため……というのは表向き、ほんとうは堅苦しい家から逃げ出すためだった。

もっとも、祖父がまた、とびきり頑固で偏屈ときている。そもそも息子と大喧嘩《おおげんか》をして家を出た。口入屋《くちいれや》の敷地内の一軒家を借り、火盗改方の若者やお手先連中に捕り方指南をしている。名の知れた火盗改方与力として剛腕をふるっていた祖父は、隠居とはいえ意気軒昂《いきけんこう》で、ひとたび事件があろうものなら呼ばれなくても駆けつける。

「とんだ災難でしたね。膏薬《こうやく》をすり込んで、しばらくじっとしていらっしゃい」

結寿は、富山の薬売りが置いていった薬箱のなかから、打ち身に効くという軟膏を選《え》り出した。イチチ……と顔をしかめながら、百介は押しいただく。

「しかし、なんでございます、この雪道をおいでになるとは、妻木《つまき》さまも見上げたお心がけで……」

「そうなのです。お祖父《じい》さまも、さすがに今日は嫌味ひとつ仰せにならず」

「それもこれもお嬢さまの御為《おんため》……たァ、泣かせるじゃァござんせんか」

「いやね、百介ったら」

妻木道三郎《みちさぶろう》は町奉行所の同心で、八丁堀の組屋敷に住んでいる。男児が一人、妻女に先立たれた寡夫《やもめ》だ。一年余り前、ひょんなことから結寿と知り合って以来、互いにほのかな恋情を温めてきた。

だが、町方と火盗改方は犬猿の仲。道三郎が念願叶《かな》って幸左衛門の弟子になるまでには、紆余曲折《うよきょくせつ》があった。とある事件で結寿を救い出し、その手柄を買われて弟子入りこそ許されたものの、だからといって、二人の仲が進展したわけではない。

町方、寡夫、子連れ……加えて、火盗改方与力の娘と、町方の同心では身分のちがいがあった。暖かくなれば積雪がとける——というようなわけにはいかない。

「そうそう、奥さまがお嬢さまに早《はよ》うお顔を見せるようにと仰せでした」

継母からの伝言に、結寿は眉をひそめた。

「縁談ならお断りしたのに」

「いつまでも独り身というわけにはゆきますまい」

「いいの、放っておいてちょうだい」

早々に打ち切りはしたが、それで済まぬことは、結寿も承知していた。十八歳は嫁《い》き遅れ寸前である。どうせなら嫁き遅れになって、あわてた親が町方でも御家人でもかまわぬとあきらめてくれればよいが……そう上手《うま》くはゆきそうになかった。頼みの綱は幸左衛門だが、これも当てにはならない。

表座敷から、幸左衛門の怒声が聞こえていた。雪が残っているので裏庭では稽古ができない。やむなく座敷での講義となったわけだが、十手《じって》の祖が明国の陳《ちん》なんとやらだと教えられたところで、眠くなるのは無理もなかった。日々、激務をこなしている道三郎ならなおのこと……。

「雲行きが怪しくなって参りましたようで、へい」

「幸いもう終わる時分です。お茶でもお持ちしましょう」

「それならあっしが……」

腰を上げようとして、百介は顔をしかめる。

「いいから、座っていらっしゃい。早う治してもらわねば、お祖父さまもわたくしも困ります」

結寿は気軽に立ち上がった。


「終わりよければすべてよし、とはいかなんだわ」

まだ蕾《つぼみ》のない山桜桃《ゆすらうめ》の大木を見上げて、居眠りのおかげで大目玉を食らった道三郎はため息をついた。

山桜桃は結寿の家の玄関と裏木戸の間にある。つまり大家の裏庭にあることから、口入屋は「ゆすら庵《あん》」と呼ばれている。

「御用の向きで駆けまわっておられるのですもの。お祖父さまの退屈なお話など、聞いてはおられませせぬよ」

結寿は忍び笑いをもらした。

捕り方指南とは、取手《とりて》と柔《やわら》、十手の扱いや捕り縄のかけ方などを教える。幸左衛門の、老人とは思えぬ早業に感服したのは事実として、道三郎が弟子入りしたいちばんの目的は、結寿の顔を見ることだろう。それは結寿とて同じ……。

「足場が悪い。見送りはいらぬ」

「いえ、心配はご無用です。坂の下まで参ります」

大家の子供たちまで駆り出されて、町人は早朝から表通りや路地の雪かきをしていた。急坂のように手つかずのところもあるが、あらかたの雪は道端にかき寄せられている。

とはいえ、油断は禁物。

「小源太《こげんた》め、手抜きをしおったの」

残雪のかたまったところをうっかり踏んで、道三郎は危うく転びそうになった。たたらを踏みながら苦笑している。

小源太は口入屋の子供で、名うての腕白小僧だ。

「八丁堀では、どなたが雪かきをなさったのですか」

「どなたと言うて……小者、下僕、むろん我らも……総出だの。彦太郎《ひこたろう》も手伝《てつど》うた」

「まあ、彦太郎どのも……」

「いち早く表へ飛び出して、懸命に働いておったわ」

「きっと、父上に、役に立つところを見せたかったのですね」

町奉行所の同心、それも三廻《さんまわ》りと呼ばれる定町廻《じようまち》り、隠密廻り、臨時廻りは激務で知られている。不在つづきの父親のもとでは不憫《ふびん》だと、一人息子の彦太郎は、昨年まで、親類の家に預けられていた。たっての希望で帰宅を許された少年は、少しでも父親の役に立とうと必死だ。聡明で礼儀正しい少年が、結寿はいじらしくてならない。

道三郎も周囲から再婚を勧められているようだった。心に決めた女性《によしよう》がおるゆえ口出し無用と断っているというが、その女性が結寿なら、前途は多難である。

二人は路地から表通りへ出た。

表通りも閑散としている。狸穴坂は目と鼻の先、それでも結寿は足を止めて、道三郎が先に歩き出すのを待った。町方同心と肩を並べて歩く姿を実家のだれかに見られたら、それこそ騒ぎになりかねない。

歩調を遅らせたため、結寿はゆすら庵から女が出て来るところを目《ま》の当たりにした。女は結寿たちとは反対方向へ歩いてゆく。

麻布は武家屋敷が多い。ゆすら庵へ職を探しに来る者も、武家奉公の中間《ちゆうげん》や女中が大半だった。もし何事もなければ、こざっぱりとはしているものの粗末な木綿物を身にまとった女が口入屋から出て来たからといって、別段、気にも留めなかったはずである。

残雪が凍っていたのか、女は転んだ。

「あッ」と声をあげて、結寿はすかさず駆け寄った。

「お怪我《けが》はありませぬか」

助け起こしてやる。

近々と顔を見て、結寿は「おや……」と思った。歳は二十歳そこそこか、器量は十人並みだが、双眸《そうぼう》に思い詰めた色がある。放心したような、なにかにとりつかれたような顔である。

「すみません……」

助け起こしてくれたのが武家娘だと気づくと、女はあわてて礼を述べた。その一重まぶたの下の動きの鈍い目に困惑したような、いや、怯《おび》えたような色がよぎったのを、結寿は見逃さなかった。

道三郎が近づいて来たときはもう、女は逃げるように立ち去っている。

「妙な女子《おなご》だのう」

「ええ……罠《わな》にかかった兎《うさぎ》のような……」

「そう言えば逃げ足が速い。ふむ、もしや、兎ではのうてムジナが化けたか」

「まさか……」

「我らはムジナに縁がある。拙者にとって、ムジナは吉兆」

狸穴の界隈は、名前のとおり、古《いにしえ》より狸《たぬき》の類の棲処《すみか》だった。狸の類とは、イタチ、ムジナ、アナホリ……。人様に侵略されて、今はめったに見かけない。

そのめったにいないムジナ探しが、結寿と道三郎の出会いだった。昨年の正月のことである。二人は一瞬、目を合わせたものの――。

「転んだところを見られて、恥ずかしゅうなったのやもしれませぬ」

結寿はどぎまぎして視線を逸《そ》らせた。

とっさに駆け寄ってしまったが、見て見ぬふりをしたほうがよかったかもしれない。女心は、女同士でも測りがたい。

参りましょうと、道三郎をうながした。

「彦太郎どのが首を長《なご》うしておられますよ」

非番の日も駆り出されるのがしょっちゅうだという道三郎である。一緒にいたいと思うのは、結寿ばかりではない。

「あいつは結寿どのに逢いたがっておる。今日も同道したがったのだが……」

「暖こうなったら、ぜひお連れください。お祖父さまもお喜びになられましょう」

「あの頑《がん》固爺《こじじい》に気に入られるとは我が倅《せがれ》もなかなか……おっと、口がすべった」

「よいのです。そのとおりなのですから」

二人は笑みを交わし合う。坂の下へ来ていた。

「さすれば、また……」

「転ばぬよう、お気をつけて」

用心深く急な坂を上がってゆく後ろ姿を見送って、結寿はきびすを返した。

目の先には麻布十番の大通りがつづいている。突き当たりは掘割。このまま歩いて行って、早春の陽射《ひざ》しを浴びた水面を眺めたい気もしたが——。

左手へ折れた。狸穴町の表通りへ戻る。

家へ帰ろうとしてふと思いつき、ゆすら庵を覗《のぞ》いた。先刻の女のことが、なぜか気になっていたためだ。

「よォ、姉ちゃん」

小源太が飛び出して来た。九歳になる腕白小僧は、ふだんなら、店へは近づくなと厳命されている。

「傳蔵《でんぞう》さんは……」

「父ちゃんなら、ほら」

主《あるじ》の傳蔵はいつもどおり帳場にいた。が、いつもとちがって、積み上げた夜具にもたれかかり、苦しげに息をついている。

「おやまあ……」

「面目ないことで。朝、雪かきをしてるときに……」

すべって転んで腰を打ったという。

「で、おいらが介添えをしてるってわけサ」

小源太は胸を張った。

「まァ、こいつにも、そろそろ商売を教え込む頃合いかと思いまして」

傳蔵とてい夫婦には三人、子供がいた。長女のもとと長男の弥之吉《やのきち》だ。弥之吉は引っ込み思案で商売には向かない。近頃は勉学に励んでいる。それで、やむなく小源太に家業を学ばせることにしたのだろう。

「百介も狸穴坂で転んだそうです」

「真冬とちがって、春のドカ雪は厄介でさ」

「今しがたも娘さんが足をすべらせましたよ。この真ん前で」

「ああ、それでしたら、おちかさんでしょう」

女はおちかというらしい。どういうお人ですか、と訊《たず》ねると、麻布十番を越えた先の長坂に屋敷を構える旗本、富永家の奥女中だったという。

「だった、とは……」

「へい。半月ほど前に暇《いとま》を出されたそうで」

「出替わりでもないのに……」

出替わりは三月四日で、奉公人の年季はこの日に明ける。出替わりまであとひと月というのに今ごろ暇を出されるとは、なにか粗相でもしたのだろうか。

「いえ、そういうこっちゃあねえようで……。ちゃんとお墨付きももらっておりやしたから」

　暇を出されても、雇い主側の事情によるとの一文と、身元を保証する書き付けさえもらっていれば、次の職を見つけるのは容易《たやす》い。

「次の仕事が決まったのですか」

「へい。お武家さまはいやだと申しますんで、森元町のお店《たな》を紹介いたしました。老舗の武具屋でして……おちかさんは賄《まかな》い仕事ですが、それでも商売柄、武家奉公をしていた女なら重宝がられましょう」

　結寿は娘の思い詰めたような表情を思い出していた。賄いならともかく、商家の店番には向きそうにない。もっとも、悩み事があって、たまたま心ここにあらずだったのかもしれない。通りすがりの女のことをあれこれ詮索してもはじまらなかった。

「よく効く膏薬がありますよ。あとで届けましょう」

　お大事に、と傳蔵に声をかけて、きびすを返した。

「しっかり店番をつとめるのですよ」

「合点承知」

　人待ち顔で往来を眺めている小源太にも声をかけ、結寿はゆすら庵を出た。路地へ折れて、裏木戸をくぐる。

　山桜桃のかたわらで足を止め、大木の梢《こずえ》を見上げたのは、花を待つこの季節なら毎度のことだ。早春の陽射しを浴びて、裸枝の上の雪が今しもとけようとしていた。

二

冬から春先にかけては火事が頻発する。町方も多忙だが、火盗改方の出番も増える。隠居の幸左衛門も助っ人を頼まれ、表向きはもったいぶって、実はいそいそと、火付や盗賊の探索に駆けまわっていた。遅くなれば火盗改の屋敷の詰め所で夜を明かす。時ならぬ大雪から十日ほど経《た》った、二月下旬のことだった。

「風向きが怪しゅうございます。ひょっとするとひょっとする、ということも……」

半鐘に飛び起き、泡を食って様子を見に行った百介が息を切らせて戻って来た。

狸穴町の西方、広大な松平家下屋敷を隔てたその先で火の手が上がったのが、夜の四つ刻《どき》（十時）。幸い東風なので狸穴町へ燃え広がる心配はなさそうである。むしろ、実家のある竜土町のほうが危ないと案じていたのだが、百介の話でも、まだ油断はできないという。火はあらかた消えたものの、松平家の長屋門に飛び火したため、避難する者や消火にあたる者が入り乱れて、あたりは混乱の態《てい》とやら。

長屋門は家臣郎党の住まいである。

「火の元はどこですか」

「長坂近辺の武家屋敷だそうで」

「長坂……」

「へい。お旗本の、富永伊兵衛さまのお屋敷の納屋らしゅうございます」

結寿は眉をひそめた。富永という名には聞き覚えがある。どこで聞いたのかと考え、あッと声をもらした。

「お心あたりがございますので……」

百介に聞き返されて、結寿は首を横に振った。富永家から暇を出された女が、新たな職を求めて口入屋へやって来た。残雪に足をとられ、店の前で転んだ。たまたま助け起こしてやったというだけのこと。女が思い詰めた顔をしていたからといって、火事と結びつけるのは早計である。

とはいうものの――。

喉に小骨が突き刺さったような違和感があった。

「もしや、付け火ではありますまいね」

「火の気がなかったそうですから、おそらく」

「怪しい者を見た人がいるのですか」

「さァ、そこまでは……それよりお嬢さま、万が一ということもございます。お荷物のお仕度だけはしておかれたほうがよろしいかと……」

「それならとうにできています」

江戸は火事が多い。いつでも避難できるよう、身仕度も持ち出す物の準備も、万事、手抜かりはなかった。

「ここはよいゆえ、おまえはお祖父さまのところへ行っておあげなさい」

幸左衛門はこの夜も火盗改の屋敷に呼ばれている。

「いいえ、あっしはお嬢さまの御身をお守りするようにと、旦那さまから申しつけられております」

「では、もう一度、火の様子を見て来ておくれ。わたくしは母屋に行っています」

「へいッ。承知」

百介は裏木戸から飛び出して行く。

母屋へつづく庭をよぎりながら、結寿はまた、おちかのことを考えていた。


火事は、火元の旗本屋敷と隣の武家屋敷を半焼、さらに松平家下屋敷の長屋門の一部を焼いたところで鎮火した。

夜更けて帰宅した幸左衛門は、いつにもまして不機嫌だった。

「やはり、付け火、にございますか」

結寿に訊《き》かれてうなずく。

「納屋には火の気がなかった。ところが藁《わら》が燃え出した。だれぞ付け木でも投げたようじゃが……表にも裏にも門番がおった。賊が忍び込んだ形跡はない」

「と、なるてェと家人の仕業にござんしょうか」

百介はくるりと目玉をまわした。

「だとすれば厄介至極」

家中に付け火の犯人がいた、などということになればお家の恥。富永家ではあくまで事実を隠そうとするにちがいない。もし犯人がわかったとして、果たして火盗改方に知らせようか。ひそかに葬ってしまうこともできるのだ。

「松平家の長屋門が焼けた。家中に非ありとなってみよ、下手をすればご当主が切腹して詫《わ》びることにもなりかねぬ。富永家としては、賊の仕業であってくれというのが本音じゃろう」

そうであれば富永家も被害をこうむったことになり、責任はまぬがれる。

「賊の入り込む余地などなかったと、門番は申したのでしょう」

「申した。が、当主に言い含められたか、言をあらためた。居眠りをしていた、持ち場を離れた……などと、ああだこうだ言うておるわ」

当主の伊兵衛は大仰に災難を嘆き、これも世が乱れているせいだ、火盗改方の怠慢だと息巻いてみせたとやら。

「富永家の当主は、歳《とし》こそまだ三十前だが、これがなかなか食えぬ男よ。見映えがよい、押し出しがよい、人あたりがよい……というので寄合《よりあい》から小姓組に抜擢《ばってき》されたが、わしはどうも好きになれぬ」

火盗改方の悪口を言われたので、幸左衛門はへそを曲げているらしい。それとも、ほんとうに見かけ倒しの食えない男か。

おちかは出替わりを待たずに暇を出された。傳蔵に武家奉公はもういやだと言ったという。富永家でよほど不愉快な思いをしたのではないか。それがあの、思い詰めたような表情と怯えたまなざしになったのかもしれない。おちかを探れば、富永家の内情がわかるはず……。

そう思ったものの、結寿は祖父におちかの話をしなかった。功を焦るあまり荒っぽい行いが目につく火盗改方のこと、うっかり話せば、犯人に仕立てられる心配がある。となれば、やはり道三郎だ。武家の事件は町方の管轄外だが、今のおちかは武具屋の女中で、商家の女中を調べるなら町方の同心のほうが話が早い。

道三郎が捕り方の稽古にやって来るのを待って、結寿は胸のわだかまりを打ち明けることにした。見送りがてら狸穴坂のあたりまで一緒に歩くひとときが、唯一、二人きりになれる短い逢瀬《おうせ》である。

「さすれば結寿どのは、おちかが怪しいと言われるか」

道三郎は足を止め、山桜桃の梢を見上げた。瞳を凝《こ》らせば、ひとつふたつ、蕾らしきものが見える。

「怪しいとは思いませぬ。どう言うのでしょう、ただ、気にかかるのです」

「相わかった。おちかのことを調べてみよう。だが……」

結寿に視線を戻した。思いのほか険しいまなざしである。

「おちかが付け火をしたとわかったら、いかがする？」

「と、仰せられますと……」

「付け火は大罪だ。拙者も町方の端くれゆえ、そうとわかって見逃しにはできぬ。捕えられればあの娘、死罪になるやも知れぬぞ」

結寿は息を呑《の》んだ。道三郎は、万が一の場合、結寿がおちかに同情やうしろめたさを感じ、そのことで苦しみはすまいかと、先まわりをして案じているらしい。

「もしさようなことになったなら……おちかさんが付け火をしたとわかっても、わたくしは動揺などいたしませぬ。火盗改方の娘ですもの、悪事を見逃しにはできませぬ。付け火は悪事の最たるもの、罪のない者たちの命まで奪う非道な行いです」

焼死した者こそいなかったが、こたびも大やけどをした者が一人ならずいた。いかなる事情があったにせよ、放火は許し難い大罪である。

「そのお覚悟があらば承《うけたまわ》った」

うなずいたところで、再び大木へ目を向ける。

「ひとつ、ふたつ……蕾はまだ三つか」

一変して、その顔は和らいでいた。

「昨年は驚かされたものよ。裸木かと思うたら、ある日突然、満開の花が鈴なりだった。手妻《てづま》を見せられたようで、息を呑んで見惚《みほ》れたものだ」

「わたくしも驚きました。示し合わせたように、いっせいに花が開くのですもの。まるで薄紅色の雲が浮かんでいるのかと……」

「今年は花が開くところを見たいものだ、結寿どのと共に……」

さりげないひと言に、無限の意味が込められている。結寿は頬を染めた。

「わたくしも……ぜひともご一緒に……」

思いを込めて見つめ合ったときだ。

「おーい、姉ちゃーん」

母屋から小源太が駆けて来た。

「なんだ。また逢い引きか」

「いやねッ。ちがうわッ。わたくしはただお見送りを……」

「ま、よいではないか。小源太、どうした？　なんぞ用か」

「ウン。父ちゃんがね、お呼び立てしてまことに相すみませんが、お時間があるときに店へお越し願えませんか、だってサ」

よく言えたわね、と結寿が感心すると、当たり前サと小源太は小鼻をうごめかす。

「この前、姉ちゃんが訊いてた女の人のことだって」

「雪が積もった翌日の……」

「そう」

結寿と道三郎は顔を見合わせた。

「女の人がどうしたんですって」

「知らねえや」

「行ってみましょう」

結寿は道三郎と連れだって母屋へ向かった。ちょうど、おちかの話をしていたところだ。なにごとかと気にかかる。

傳蔵は客と話していた。完治とはいかないまでも、腰はだいぶよくなったと聞いている。自分で話しに来ないで小源太に伝言を頼んだのは、動けないからではなく、幸左衛門に聞かれたくないからだろう。

客を見送ったところで、恐縮したように頭を下げる。

「お嬢さまをお呼び立てするとは、申しわけもねえこって……」

傳蔵は道三郎にも丁重に挨拶をした。

「さようなことより、おちかさん、どうかしたのですか」

「おちかのことは、拙者も結寿どのから聞いておる。なんぞしでかしたのか」

「へい。実は、武具屋の主《あるじ》が文句を言って参りました。わけも言わず、突然、出て行ってしまったそうで……」

いつの話かと道三郎は訊ねた。

「もしや、火事の……」

「へい。翌日だそうで」

結寿と道三郎はまたもや顔を見合わせる。

「おちかの、武具屋での働きぶりはどうだったのだ」

「口が重く無愛想だったそうですが、骨惜しみをせずによく働くと、主人夫婦は喜んでいたと申します。それだけに、突然出て行かれて大迷惑をこうむったと……」

「おちかは挨拶をして出て行ったのか」

「いいえ、使いに出たまま帰らなかったそうで」

武具屋は、先日の火事とおちかを結びつけたわけではない。おちかが戻って来るものと思って待っていた。が、数日経っても帰らないので、ゆすら庵へ文句を言いにやって来た。妙だと首をかしげたのは傳蔵である。

「おちかさんのお里は……」

今度は結寿が訊ねた。

「武具屋には相模《さがみ》と話したそうですが……」

でたらめらしい。

「武具屋へ住み込む前……つまり、富永家から暇を出されたあとは、どこに住んでおったのだ」

「一乗寺の近くの長屋におりました」

それ以上のことは、傳蔵も知らなかった。おちかは十二のときから八年、富永家で働いていたという。身元を保証するお墨付きももらっていたから、傳蔵は余計な詮索をしなかった。

「時が時だけに、あっしも少々気になりまして……」

武具屋には重々詫びをした上で、別の女を紹介したという。おちかの一件を二人に聞いてもらい、傳蔵は憂いが晴れたようだった。

「やはり見過ごしにはできなんだの」

表通りに出るなり、道三郎はつぶやいた。

「結寿どのの懸念が的《まと》を射ておったわけだ。おちかは先日の火事とかかわりがあるやもしれぬ。いや、きっとある……まこと、おちかが犯人やもしれぬぞ」

結寿は考える目になった。

「わたくしは、かえって疑いが晴れたような気がします。もし付け火をしたのがおちかさんなら、火事の翌日、姿をくらましたりしましょうか」

自分から犯人だと知らせるようなものである。だいいち、旧主の屋敷へ忍び込んで付け火をするほど肝《きも》の据わった女なら、あわてて逃げ出すようなまねはしないはずだ。

「されば、なぜ姿をくらましたのだ」

「なにかを知っていて……むろん、火事にかかわることですが……それで身を隠したのやもしれませぬ。わたくし、おちかさんが心配になってきました。妻木さま、一日も早く、おちかさんを見つけてください」

「うむ。さように言われると、拙者も気にかかる。が、見つけるというてものう……容易にはゆかぬぞ」

手がかりは富永家、武具屋、一乗寺の近くの長屋の三箇所しかない。

「いずれにせよ、これは町方の領分だ。これよりは拙者にお任せあれ」

結寿は楚々《そそ》とした見かけによらず大胆なところがあった。探索に首を突っ込んで危うい目にあったことも一度や二度ではない。独りで動きまわらぬようにと釘《くぎ》をさして、道三郎は帰って行った。

むろん、動きまわるつもりはない。ないけれど——。

胸がざわめいている。

狸穴坂の下で道三郎を見送った結寿は、路地をまわって木戸をくぐった。

山桜桃の大木の下で足を止める。

梢に小鳥がいた。雨鷽《あめうそ》か。雨を呼ぶという鳥は、愛らしい嘴《くちばし》で、無情にも顔を出したばかりの蕾をついばんでいた。

三

「ふうん、口入屋の使いねえ……」

女はけげんな顔で結寿を見返した。

おちかではない。一乗寺にほど近い長屋で、おちかと親しくしていたという女だ。大家によると名はおとき、亭主に先立たれてからは独り住まいで、亭主のあとを継ぎ、小間物の行商をして暮らしを立てているという。

小源太を連れてきてよかったと結寿は思った。口入屋の使いが武家娘では、不審な目で見られて当然だ。

「ねえ、小源太ちゃん」

土間に並んで突っ立ったまま、結寿は小源太の脇腹を肘でつついた。

小源太は奥座敷を眺めている。半分開いたままの障子越しに、湯呑がふたつと、あんころ餅が盛られた器が見えた。

「小源太ちゃんてばッ」

「え。うん、ああ……」

「伝言があるでしょう、お父っつぁんからの」

「あ、そうか。そうだ。ええと……わけも言わずにいなくなるとはとんでもねェ話だが、給金は給金だ、預かってるから取りにきてもらいてェ……へへ、どんなもんだい」

「……そういうわけで、おちかさんを捜しているんです。どこへ行ったか、ご存じありませんか」

給金という言葉に、一瞬、おときの目が光った。おちかの居所を知っていて、言おうか言うまいか、ためらっているようにも見えたが……。

「親しいと言ったってサ、お旗本のお屋敷へ行ったとき、ちょっくら話すくらいさね。長いつき合いってわけじゃなし、おちかさん、自分のことは言わない人だったから……」

預かっておこうか、と、おときは上目遣いになった。

「ひょっこり顔を出したときに渡すってことでもよけりゃ、あたしが……」

「いえ、けっこうです」

結寿はきっぱり断った。

「富永さまのお屋敷から暇を出されたことについて、おちかさん、なにか言ってはいませんでしたか」

「なにも」

「いやなことがあったとか、辛《つら》い思いをしていたとか……」

「さあ、ねえ」

とりつく島もない。

やっぱり徒労だった――。

帰り道、結寿はため息をついた。

小源太も浮かない顔である。

「ねえ、姉ちゃん……」

「なァに」

「あのあんころ餅、美味《うま》そうだったなァ」

小源太のほうは、いつもながら食い物にしか関心がないらしい。

「あれサ、だれと食べてたのかなァ」

「だれとって……」

「湯呑がふたつあったもん。もしかその、おちかって姉ちゃんだったりして」

「まさか」

笑い飛ばそうとして、結寿は眉をひそめた。そういうこともあり得る。そう、おときはなにか隠していた。おちかの居所を知っているにちがいない。

そもそも、おちかはなぜ暇を出されたのか。火事の翌日に姿をくらましたのはなぜだろう。わからぬことだらけである。

といって、これ以上、できることはなさそうだった。あとは道三郎の知らせを待つしかない。女であり、武家娘であり、自在に動きまわることのできない我が身が、結寿は歯がゆかった。


ところが、瓢簞《ひょうたん》から駒——。

その日、結寿を待ちかまえていたのは、まさに瓢簞だった。もっとも、ありがた迷惑な瓢簞から駒が飛び出すまでには、さんざん不愉快な思いをしなければならなかったが……。

「伝言を聞かなかったのですか。なにゆえ戻って来ぬのじゃ」

継母の絹代は、色白中高の顔を怒りに赤らめ、荒い息と共に小言を吐き出した。竜土町から駕籠《かご》を飛ばして来たという。

おっかない小母《おば》ちゃんの顔を見て、小源太はいち早く逃げ出した。が、結寿は逃げるわけにもゆかず、身をちぢめる。

「供も連れず、どこへ行っていたのです」

「供は連れていました。母屋の子供を……」

「あの小汚い子供たちと出歩くなど、もってのほかじゃ。よいですか、そなたは溝口家の長女、それも嫁入り前の娘ですよ。行いを慎み、用心の上にも用心をして、くれぐれも粗相なきようにせねばなりませぬ」

「はい……」

幸左衛門も息子の後妻が大の苦手だった。この場にいないところを見ると、やはり逃げ出してしまったのだろう。代わりに百介が、座敷の隅で小さくなっている。

「ところでお継母《かあ》さま、わざわざのお越し、大事なお話とはなんにございますか」

小言にうんざりして、結寿は自分から水を向けた。どのみち本題は縁談、こちらもできれば聞きたくない話である。

絹代は居住まいを正した。

「願ってもない縁談があるのです」

そらきたと、結寿は首をすくめる。

「お相手はわたくしどもと同じ御先手組《おさきてぐみ》与力、御弓組、小山田《おやまだ》家のご嫡男《ちゃくなん》、万之助《まんのすけ》さまです。そなたも幼き頃、会《お》うたことがあるはず。万之助さまはそなたのことを覚えておいでで、ぜひとも妻になさりたいと仰せじゃ」

「せっかくですが、わたくしにはお祖父さまのお世話がございます。まだしばらくは、嫁ぐつもりはありませぬ」

「十八にもなって、なにを馬鹿げたことを……。お舅《しゅうと》さまのお世話なら百介がいます。手が足りなければ、人を雇えば済むことじゃ。これまではお舅さまのお口添えもあり、そなたの好きなようにさせてきました。が、もうわがままは許しませぬ」

以前も何度か似たような場面があった。そのたびに祖父に泣きつき、ぶちこわしてもらった。幸左衛門と息子夫婦のそりが合わないことが幸いしたのだ。

「お祖父さまに相談いたします」

結寿は一縷《いちる》の望みにすがった。

「お舅さまがなんと仰せになられようと、結寿どの、これはそなたのお父上の命じゃ、逆らうことはなりませぬ」

「……わたくし、気が進みませぬ」

「いったいなにが不服なのです」

「それは……ええと……万之助さまが……」

ほんとうのところは、小山田万之助なる男のことなど念頭になかった。幼い頃会ったことがあるというが、顔も思い出せないし、名前さえ覚えていない。だがこうなったら、難癖をつけてでも断るしかなかった。

「万之助さまのどこがいやなのです。見た目、ですか」

「え、ええ、まあ……」

「たしかに美男とは言えませぬ。が、醜男《ぶおとこ》でもありませぬよ。お人柄も実直で、浮ついたところのない、頼りになるお人です。男子はそれがいちばん、美醜などに惑わされると、ろくなことになりませぬ」

結寿の父は美男の部類に入るが、浮ついたところはない。絹代はここで、ぐいと膝を乗り出した。

「浮ついた、と言えば、火事を出した富永家のご当主、あのお人はたいそうな美男だそうですね。ところが女子にだらしないそうで……。先日の火事も、ご当主に弄《もてあそ》ばれて暇を出された女中が怨《うら》んで火を付けた、との噂《うわさ》があるそうですよ。さような殿御と夫婦になってみなされ、一生、泣かされます」

思いがけない話が飛び出したので、結寿は耳をそばだてた。

「その噂、まことにございましょうか」

結寿より先に百介が訊ねた。

「まことかどうかは知りませぬが、噂があるのは事実です。現に火盗改方でも、その女子の行方を捜しているそうです」

「ご当主には、ご妻女がおられるのですか」

今度は結寿が訊ねた。

「むろん、おられますとも。ご病弱ゆえ外へはお出にならぬそうですが、それも心労がたたったせいでしょう。浮気な殿御はお家を滅ぼす元凶、その点、万之助さまなれば心配はいりませぬ。なにより小山田家は内証も豊かで……」

絹代の話題は再び縁談に戻ったが、結寿はもう、ろくに聞いてはいなかった。

火盗改方がおちかを捜している。ということは、だれもがおちかを付け火の犯人だと疑っているらしい。

捕まればどうなるか。今のおちかは家中の者ではない。富永家としては責任を問われずに済む。が、当主の伊兵衛は果たして安泰か。付け火をされるほどおちかに怨まれていたのだ。巡り巡って、やはり非を問われる。女にだらしのない男なら、これを機に、他にもぼろぼろと不始末が露見するかもしれない。

公の罪に問われることはなくても、己の不始末から火事を出した男として、伊兵衛は世間から後ろ指をさされる。世間の目というものは、時に、お上の処罰より過酷なものである。

となれば、富永家も手をこまぬいてはいられない。

おちかが捕らわれぬよう、早々に手をまわすのではないか。噂だけならかき消せるが、生き証人が現れれば言い訳はできない。

だったらどうする……？

——死人に口なし。

結寿はぞっとした。今や、付け火だけの問題ではなかった。おちかは身の危険を感じて姿をくらましたのではないか。そう、おちかが危ない——。

「結寿どの、聞いているのですか」

「は、はい」

「では、よろしいですね。日時は追って知らせます」

「え？」

「くれぐれも、くれぐれも言うておきますが、町家に仮住まいをしているだけでも奇異な目で見られているのですよ。人の口に戸は立てられませぬ。妙な噂が立たぬよう、重々心して……」

くどくどと言い置いて、絹代は待たせていた駕籠で帰って行った。

継母を見送るや、結寿は百介に命じた。

「出かけます。供をしておくれ」

「へ、またお出かけにございますか」

「こうしてはいられませぬ。おまえもお継母さまの話を聞いたでしょう」

「しかし、いずこへ……」

「一乗寺の近くの長屋です」

「それでしたら、先ほど小源太といらしたばかりでは……」

「今一度、行くのです。つべこべ言わずに、早う仕度を」

「へ、へいッ」

結寿はもう一度おときに会い、なんとしてもおちかの居所を聞き出すつもりだった。ほんとうのことを洗いざらいぶちまけ、危難が迫っていると訴えて、できることならおちかを無事逃がしてやりたい……。

付け火は悪事の最たるものだ。おちかが犯人なら死罪になっても同情はしないと、道三郎に豪語した。それなのに今、結寿は前言を翻《ひるがえ》す気になっていた。

四

狸穴坂を上って榎《えのき》坂を下る。一乗寺は、飯倉の四つ辻《つじ》へ出る手前にあった。おときの長屋は通りひとつ隔てた路地裏である。

「なにやら、ざわついております」

甍《いらか》が見えてきたところで、百介は足を止めた。

寺門を人が出たり入ったりしている。町方か、地廻りか、墓参の人ではなさそうだ。

「お嬢さまはこちらでお待ちを。様子を見て参ります」

不穏な気配を察知したのか、百介は結寿を道端に残して寺門をくぐった。結寿は思わず身ぶるいをする。

もしや、なにかが運び込まれたのでは……寺に運ばれるものといえば……。

恐ろしくて、その先は考えられない。

待つほどもなく百介が戻って来た。入って行ったときとは一変して、青ざめた顔をしている。

「お嬢さま……」と、切り出した声もうわずっていた。「引き返したほうがよろしゅうございます」

「わけも聞かずに引き返すわけにはゆきませぬ。なにがあったのですか」

百介はためらっているようだった。が、やさしげな顔とは裏腹に、結寿は気丈な娘だ。いやだと言えば、首に縄をつけて連れ帰るわけには行かない。

百介はひとつ、ため息をついた。

「死人《しびと》が運ばれて参ったそうで」

「そうではないかと思いました。死人とは……」

「へい。だれぞに殺《あや》められたとか」

結寿は鳩尾《みぞおち》に手を当てた。予想はしていたが、百介の口を通して聞くと、生々しさに総毛立つ。

「もしや、おちかさん、ではありませぬか」

「お顔は拝んでおりませんが、寺の裏手の長屋に住んでいた女だと……」

やはり、後《おく》れをとった。そう思うと無念がこみ上げた。下手人はおそらく、富永家の当主の息がかかった者だろう。

「どのように……殺められたのですか」

斬られたか、縊《くび》られたか、それとも川へ投げ落とされたか。結寿は痛ましさに胸を詰まらせる。

「毒、だそうで」

「毒……」

「あんころ餅に、石見《いわみ》銀山が仕込んであったそうにございます」

石見銀山はねずみ取りの薬で、猛毒である。

結寿はすーっと血が下がってゆくのを感じた。おときの家にあんころ餅があった。小源太が涎《よだれ》をたらさんばかりに見入っていた。では、おちかはあれを食べたのか。

「おっと、危のうございます」

くらりとよろけそうになった結寿の背中を、百介があわてて支える。

「取り込んでおります。さァ、引き返しましょう」

結寿はうなずいた。が、うながされても、足を動かそうとはしない。

「妻木さまは……」

「あっしが見たかぎりでは、おいでにならぬようで」

「いいえ、どこぞにおられるはずです」

一瞬、間を置いて、結寿は寺門のほうへ体を向けた。

「おちかさんに手を合わせてゆきましょう」

「め、めっそうもないことで」

「せめてもの供養です」

結寿はもう歩きはじめていた。

「お待ちください、お嬢さま、お嬢さまが行かれるようなところでは……」

「わたくしは火盗改方の娘、心配はいりませぬ。いやなら、おまえはここで待っておいで」

「そうは参りません。お嬢さま、ちょいとお待ちを……お嬢さまッ」

主従はもつれるように寺門をくぐる。

おちかが毒殺された――。

恐ろしさとは別に、結寿は烈《はげ》しい憤りを感じていた。

おちかは十二のときから奉公していたという。働き者だったというから、富永家でも労を惜しまずに働いてきたにちがいない。その娘が、女癖の悪い当主の慰みものにされ、玩具でも捨てるように放り出された。それを怨んで納屋に火を付けたのは、たしかにおちかの浅はかさ、大それた罪ではあったが……。事実が明るみに出るのを恐れて毒殺してしまうとは、なんとむごいやりようか。世間体を取りつくろい、責任逃れをするためには、人の命さえ塵芥《ちりあくた》のごとし……そんな武家の驕《おご》りが許せなかった。

寺内には結寿の見知った顔もいた。こんなときだというのに、境内の一隅で、火盗改方と町方が言い争いをしている。もとよりいがみ合っている両者が、手柄の取り合いをしているのだろう。

骸《むくろ》は、本堂ではなく、離れの板の間に安置されていた。白布で顔を覆われ、むしろに寝かされている。肩先から爪先を覆っているのはむしろではなく、粗末な夜具だった。

近寄ろうとするや、下っ引らしき男が立ちふさがる。

「火盗改方与力、溝口幸一郎の娘じゃ。おどきなされ」

凛《りん》とした口調で言うと、男はあわてて脇へ避《よ》けた。

結寿は、ここにいる男たち全員に、おちかの無念を伝えたかった。ただの犬死では、おちかがあまりに憐《あわ》れではないか。といって、確証もないのに、旗本家の当主を下手人に仕立てるわけにはいかない。

おときさんなら、事情を知っているのでは――。

ここにいないところを見ると、おときは番所に引き立てられたのかもしれない。おときはなにか知っている。こすからそうな女ではあったが、それだけに、旗本だのお大尽《だいじん》だのといった人間には反感を抱いているようだった。おちかの死に怒り、なにもかもぶちまけてくれさえすれば……。

ともあれ、おちかの冥福を祈ったあとは道三郎を捜そう。おちかの無念を晴らせるのは道三郎しかいないと結寿は思った。

もう、邪魔をする者はいない。

主従は骸のかたわらへ膝をそろえた。

「百介……」

「へい」

百介は白布をまくった。

刹那、結寿は目をみはった。我知らず悲鳴をもらしていたのか。遠巻きに眺めていた男たちが近寄って来る。

「お嬢さま、どうされました」

「いかがした、なんぞ、不審なことでもおありか」

「見映えのよい死にざまじゃござんせん。ご気分が悪うおなりでは……」

いいえ、いいえ……と、結寿は両手を泳がせた。死人の断末魔の形相に驚いたわけではない。問題は、その顔だった。

茫然《ぼうぜん》としている結寿のかたわらに、岡っ引らしき男がにじり寄って来る。

「まったく、気の毒な女でさァ。去年は亭主も、呑めねェ酒を呑んで、川へはまって土左衛門だ。差配の話じゃあ、だれかに突き落とされたんじゃねえかと、おときはさかんに言い立ててたそうだが……。ま、むつまじい夫婦だったってェから、今頃ァ、あの世で仲よくやってるにちげェねえ、そうでも思うしかありやせんぜ」

五

雪は跡形もない。

狸穴坂には野薊《のあざみ》や都草が咲いている。

「おちかは、死のうとしていたのですね」

二人でいる時間を惜しむようにゆっくり坂を上りながら、結寿は一歩先をゆく道三郎の背中に向かって訊ねた。

「さよう。大川端を彷徨《さまよ》うていた。死に場所を探していたのか、死にきれずにうろついていたのか……知らせを聞いて駆けつけたときは放心の態だった」

結寿と歩調を合わせるように、道三郎の歩みものろい。

「忠誠心に凝り固まっていたのだ、おちかは……。十二のときから仕えていた。親に棄《す》てられ、食うや食わずでいたところを拾われた。女中とはいえ、ずいぶんと可愛《かわい》がられてもいたようだ。富永家の当主夫婦を神のように崇《あが》めていたのだろう」

美男の当主と心やさしき妻女にめぐり会って、おちかは平穏な数年を過ごした。

「おちかさんは、ご妻女のお身のまわりの世話をしていたのですね」

「ご実家より伴《ともの》うた老女と二人でつとめておったそうだ。ご妻女はあまりにおやさしすぎたのやもしれぬ。お心がひ弱だったのだろう。あいにく夫は役者にしたいような色男で、浮き名も聞こえていた。いつ頃からか、ご妻女は異様なほど嫉妬深くなり、一から十まで疑いの目を向けるようになった。いったん癇癖《かんぺき》の発作を起こそうものなら、人が変わったようになったそうでの……」

夫との仲を疑われ、暇を出された女中も一人や二人ではなかった。そのたびに妻女は花瓶を割ったり襖《ふすま》を破いたり、手燭《てしょく》を投げつけてあわや火事になりかけたこともあったという。幸い、これまでは小火《ぼや》で済んだものの……。

「おときさんのご亭主は、小間物の行商に出向いた際、ご妻女のおぞましい姿を見てしまったのですね」

「口止めに大金をもろうたらしい。ほどなく亭主は溺死した。おときがおちかに近づいたのは、亭主の死にざまを不審に思い、秘密を聞き出そうとしたせいもあろうが、上手くすれば富永家より銭を引き出せるやもしれぬ、との目論見《もくろみ》もあったのだろう」

　殺されてしまったので、定かなことはわからない。亭主の死の真相も闇のなかだ。

「それにしても……」と、結寿はため息をついた。「付け火をしたのがご妻女さまだったなんて、思いもしませんでした」

「ご当主が必死に隠そうとした気持ちもようわかる」

「おちかさんはわかっていたのですね、付け火の犯人がだれか」

「むろん、火事と聞いたとき、ぴんときたにちがいない。ご妻女の病は悪うなる一方だった。ご妻女から突然、暇を出されたときも動転したろうが、おときに呼び出され、一緒に富永家を強請《ゆす》ろうと持ちかけられたときは、さぞや仰天したはずだ」

　おときは、暇を出されたことで、おちかも富永家を怨んでいると思い込んだ。火事を好機とみて、誘いをかけた。

「おちかさんが暇を出されたことですが、ご妻女は、おちかさんまで夫とかかわりがあると思ったのでしょうか」

「病とはそういうものだ。疑い出したらきりがない」

　いや……と、道三郎は足を止め、振り向いた。あと数歩で上りきるところまで来ている。

「存外、ご妻女の目は正しかったのやもしれぬ」

「え？　なれば、ご当主がおちかさんを弄んだと……」

「そうではない。なにかがあったのではない。が、おちかは物狂おしいほど、ご当主を慕っていた。ご妻女はそのことに気づいていたのやもしれぬ」

旗本家の屋敷しか知らずに育った娘は、当主夫婦がすべてだった。幼い崇拝が娘らしい恋心に変わったとしてもふしぎはない。恋心をつのらせる一方で、おちかは妻女へのうしろめたさに苛《さいな》まれていたのではないか。

「悪鬼となってまで、おちかさんがご妻女を庇《かば》おうとしたわけがわかりました」

囚《とら》われの身となったおちかは、おとき毒殺はもとより、付け火まで自分がやったと白状した。暇を出された怨みからしたことで、それもまったくの逆恨み、富永家に非はないと言い張っているとやら。

「その話を聞いたご当主が、お奉行に洗いざらい打ち明けた。松平家にも詫びた。切腹も辞さぬと言うたそうだが、付け火は病人のしでかしたこと、それには及ばぬと、松平家のご当主も寛大な返答をされたそうな」

病の妻女を遺《のこ》して死んでは悲劇も極まる。今や、富永家には、同情の声が寄せられているという。

「おちかさんはどうなるのでしょう」

結寿は眼下の景色に目を向けた。

坂の多い麻布は、武家屋敷と寺社の町でもある。甍の合間に、厳《いか》めしい瓦屋根と粗末な板葺《いたぶき》屋根がひしめき合っている。

「人を殺めた。死罪か、遠島か。できるだけのことはしてみるつもりだが……」

道三郎は重い息を吐き出した。

「少なくとも、おちかが願《ねご》うたとおり、富永家は安泰だ」

「美男のご当主はお心を病んだご妻女を抱えていた……このたくさんの屋根の下に、それぞれの哀《かな》しみが潜んでいるのですね。人の心のうちは、端からは計り知れませぬ」

「ほんにそのとおりだ。病もある、嫉妬もある、怨みもある」

「忠義も慈愛も、恋心も」

二人は目を合わせた。

結寿はもう一度その目を眼下へ向け、大木を指さした。

「白梅紅梅もあれば山桜桃も。ほら、いつのまにか蕾があんなに……」

「うむ、あとひと息だの。いっせいに開いたところを早う見たいものよ」

結寿もうなずく。縁談という気がかりはあったが、今、そのことを考えるつもりはなかった。あの花が咲き尽くすまでは、道三郎のことだけを想《おも》っていたい……。

山桜桃の向こうには十番の大通り、その先には緑の馬場、さらにその先にはきらめく掘割が見えた。

「待ち遠しゅうございます、花……ではなく、次のお稽古日が……」

小さな声で言う。

上気した頬を隠すように、結寿はひと足先に狸穴坂を上りきった。

鬼の宿

一

狸穴坂《まみあな》に初夏の陽《ひ》が降りそそいでいる。

坂の途中で腰をかがめ、結寿《ゆず》は雑草の中からもじずり草を引き抜いた。

茎の上部に桃色の小花が連なるさまは、書き流した文字のよう。花の列はらせんにねじれている。

路傍の花を見てさえ胸が痛む。

「おまえにあげるわ」

百介《ももすけ》の鼻先に花を突き出した。

「へ……」

従者の小者《こもの》は目を丸くする。

「どうしてこう、ねじれてしまうのでしょう」

「こいつにござんすか」

百介は花を受け取り、首をかしげた。

「……文を書いて、窮状をお知らせしようかしら」

「おっと、わかった。八丁堀の旦那のこって」

「なんとかしないと……ねえ、百介、このまま進んだらどうなるの。わたくしは小山田《おやまだ》家に嫁がなければならないのよ」

「小山田家でしたら文句のつけようがござんせん」

「だから、困ってるんじゃないの」

口うるさい継母を敬遠して狸穴町の祖父の隠宅へ身を寄せたはずが、近頃は竜土《りゅうど》町の御先手組《おさきてぐみ》組屋敷内にある実家へひんぱんに呼び戻され、琴や書、茶道などの稽古事から裁縫や作法といった女のたしなみまで、厳しく仕込まれている。

それもそのはず、結寿には目下、縁談が進行中だった。

十八は嫁き遅れに片足を突っ込んだようなもの、家人が焦るのも無理はない。結寿にしても、嫁《い》き遅れになりたいわけではなかったが……。

意中の人がいた。町奉行所の隠密廻《まわ》り、妻木道三郎《つまきみちさぶろう》である。結寿の父は御先手組と火《か》盗改方《とうあらためかた》の与力を兼務している。火盗改方と町方は犬猿の仲だった。おまけに道三郎は子持ちの寡夫《やもめ》で、どうひいき目に見ても結寿の夫にはふさわしくない。それでも、あきらめきれなかった。狸穴坂で出会って一年半、二人は惹《ひ》かれ合っている。

どうしたら思いを遂げられるのか。

たったひとつ、かすかな希《のぞ》みがあった。幸左衛門《こうざえもん》は捕り方指南をしている。熱意が実って、道三郎もようやく弟子入りが叶《かな》った。もとより祖父は道三郎の一人息子、彦太郎《ひこたろう》を可愛《かわい》がっているから、もうひと押し、結寿と道三郎の仲を応援する気になってくれさえすれば、道がひらけるかもしれない。

もっとも、それには時がかかる。縁談は着々と進んでいた。

「病で寝込むのはどうかしら。立ち消えになるように」

「仮病なんざ、すぐにばれちまいますよ。ばれぬまでも、ご実家へ帰され、医者だ薬だと大騒ぎ。そうなれば妻木さまにもお逢いにはなれません」

「そうね、おまえの言うとおりだわ」

実家の奥座敷へ閉じ込められ、継母の泣き言を聞いて暮らすなど、まっぴらごめんである。

「やはりお祖父《じい》さまに頼るしかない、ということね」

「はてさて、そいつはどうにも……。お気の毒とは存じますが、こればかりは、あっしら下々の縁談のようなわけには参りません」

武家の縁談にはしかるべき手続きが必要だった。当然ながら、小山田家との縁談は御先手組組頭、さらにはそのまた上役である若年寄の了解のもとに進んでいる。この期《ご》に及んで祖父が異を唱えたところで、くつがえせようか。

わかってはいても、手をこまぬいてはいられない。

「やっぱり文を書きます。あのお方のところへ届けておくれ」

「へいへい。合点承知之助《しようちのすけ》」

百介の軽々しい返事に気分を害して、結寿はさっさと坂を下りる。

江戸市中はこのところ、盗賊の噂《うわさ》でもちきりだった。そのせいか、道三郎もお役目に追われているらしい。捕り方の稽古からも足が遠のいている。しばらく顔を見ていないので、結寿はなおさら不安をつのらせていた。

どうぞ、早《はよ》う、お顔を見せてくださいまし——。

祈るような思いである。

掘割の水面のきらめきも馬場の燃え立つ緑も、結寿の目には入らなかった。坂を下りきり、麻布十番の通りの手前を左手へ折れれば狸穴町。隠宅の大家でもある口入屋《くちいれや》のゆすら庵《あん》が見えてきたところで、結寿は足を止めた。

ゆすら庵の次男坊、小源太《こげんた》が、店の前の路上で武士《さむらい》と立ち話をしている。

道三郎でないことはひと目でわかった。黒紋付きの着流しは、言わずと知れた町奉行所の定町《じようまち》廻りである。道三郎よりひとまわり小柄で歳《とし》も若そうだ。

口入屋には、道三郎以外にも町方がよく問い合わせに来る。珍しいことではない。同じ町方同士、道三郎がどうしているか訊《き》きたかったが、もちろん、隠密同心の行方を問いただすわけにはいかない。

結寿が祖父と住んでいる借家は母屋の裏手にある。あきらめてゆすら庵の脇の路地へ折れ、木戸をくぐって山桜桃《ゆすらうめ》の大木の下まで来たとき、「姉ちゃーん」と小源太が追いかけて来た。

「お客人はどうしたの」

「帰った」

小源太は大木の幹に背をもたれて、へへへ……と笑った。

山桜桃は、たわわな実の大半が子供や鳥の腹におさまり、今は緑の葉をびっしりつけて、格好の陽除《ひよ》けになっている。

「なにをもったいぶっているのですか」

百介を先に玄関へ行かせ、結寿は小源太と向き合った。

「妻木さまのこと、姉ちゃん、知りたいだろうと思ってさ、訊いてやったんだ」

「今のお武家さまに……」

「そ。妻木さまはどうしておられますかって」

結寿は思わず身を乗り出した。

「どうして、おられるんですって」

「盗賊騒ぎで御用繁多《ごようはんた》だってさ。御用繁多ってなんのこと」

「お役目が立て込んでお忙しいってことですよ」

そんなことはとうにわかっている。どこでどうしているか知りたい。

「他になにか……」

「妻木さまが動けないので、さっきのお武家さまがお調べに来たんだって」

「お調べ……」

「うん。この前、日本橋の薬種屋へ賊が入ったろ。あのあと、手代が一人いなくなって、で、そいつのことを調べてるんだってさ。つまり、賊の一味じゃないかってことだろ」

小源太は得意そうに言う。

日本橋本町の薬種屋「いわしや」の事件は、結寿も聞いていた。家人が皆殺しにされるという凄惨なものだった。町方は手代が引き込み役だと考えているのだろう。

「その手代だけど、ゆすら庵が日本橋のお店《たな》に紹介したわけではないのでしょう」

ゆすら庵では主に、麻布界隈《あざぶかいわい》の武家屋敷へ中間《ちゅうげん》や女中、六尺などを送り込んでいる。

「そうじゃないけどさ、あちこちたどってくと、何年か前にこの近くの武家屋敷でも働いてたことがあったんだって。昔のことだから、父ちゃんも首をかしげてた」

口入屋が仕事先を紹介するのは身元のたしかな者だ。名前はむろん、住まいや出身地、顔かたちの特徴などを記載した帳面は、ゆすら庵でも大切に保管されていた。とはいえ、住まいひとつとっても火事で焼けたり取り壊されたり大家が代わったり……五年十年前の長屋が今もそのままあるとはかぎらない。

「盗賊を捕まえるまでは、妻木さまも姉ちゃんとこへは来られないね」

「そうね。早う捕まえてほしいものだわ」

結寿はため息をついた。

道三郎は動きがとれないという。隠密廻りなら、変装をしてどこかに張り込んでいるのかもしれない。いずれにしても大事の最中だった。縁談が進んでいるからなんとかしてください、などと、泣きついてよいものか。といって、このままでは――。

「なァ、姉ちゃん」

「なあに」

「おいらと姉ちゃんとで、また盗賊を捕まえようよ」

小源太が勢い込んで「また」と言ったのは、前例があるからだ。ただし盗賊ではない。けちなコソ泥だったり、鼬《いたち》に化けて悪さをする老人だったり、気のふれた女だったり。しかもそれは、たまたま運がよかったからで……。

「馬鹿なこと言わないの。小源太ちゃんとわたしがどうやって盗賊を捕らえるというのです。町方や火盗改方の大の大人が躍起になっても捕まらないのに」

「へ、大人はまぬけばかしだからな」

「小源太ちゃんッ」

にらんだときにはもう、小源太はうしろを向いて駆け出していた。

ほんとうに、なにか役に立てたらいいのだけれど――。

なにもせずに待っているのはなにより辛《つら》い。

山桜桃の梢《こずえ》を見上げ、結寿はもうひとつ、切ない吐息をもらした。

二

暑い日がつづいている。

ゆすら庵の裏手の借家、結寿の家の茶の間では、障子を開け放ち、忙しげに団扇《うちわ》を使いながら、幸左衛門、結寿、弓削田宗仙《ゆげたそうせん》、それに百介の四人が話し込んでいた。

喉をうるおすのは汲《く》み上げたばかりの井戸水だ。宗仙の手土産の虎屋の羊羹《ようかん》も、皿に並べられている。

宗仙は近所に住む俳諧の師匠兼絵師で、幸左衛門の茶飲み友だちである。

「昨夜の半鐘には驚きました」

昨夜、くらやみ坂で、武家屋敷が半焼する火事があった。

「へい。冬でなくてようございました。大風がびゅんびゅん吹き荒れていた日には、とても小火《ぼや》では済みません」

百介はちらちらと羊羹を眺めている。結寿は皿を百介の膝元へ置いてやった。百介は首をすくめ、遠慮がちに手を伸ばす。

「小火ではありませぬよ。死人が出たのでしょう」

結寿は幸左衛門に目を向けた。

「うむ。妙なことがあるものだ」

「いかにも。身元が知れぬとは奇っ怪な話にござるの」

「あのお屋敷は葎《むぐら》屋敷と呼ばれておるそうで。だだっ広くて荒れ放題、しかも住んでおられるのはお歳を召された女人《にょにん》がお独り。お女中や下僕もほんの数人と聞きますから、どこかの宿なしがこっそり忍び込んでいたんでござんしょう」

百介の言うとおりだろう。火が出たのは夜の四つ刻《どき》(十時)で、女中が気づいて騒ぎとなり、近隣の人々も駆けつけて消火にあたった。幸い離れを焼いただけで火は消し止めたが、焼け跡から焼死体が出た。身元は不明である。

「お武家のご後室《こうしつ》さまとうかがいました。さぞや怖い思いをなさったことでしょう」

火事というだけでも恐ろしいのに、素性の知れぬ焼死人が出た。後ろ盾のない老女なら、今頃は心細さにふるえているはずである。

「ご後室さまとは、どのようなお人なのですか」

「吉也《きちや》さまはお旗本の娘御での、子供の頃は、女子《おなご》ながら学問がたいそうお好きと評判にござった。嫁いだ先は三百俵のお旗本、幸村家での、たしか最後は書院番じゃったか。ご亭主に仕え、奥を守り、波風のう過ごされたが、あいにくお子ができなんだ。ご亭主に死なれたあとは生《な》さぬ仲のお子が家督を継いだものの、どうも齟齬《そご》がおありだったようでの、居づらくなられたか、屋敷を出てしまわれたんじゃ」

宗仙によると、くらやみ坂の家は隠宅だという。老女の独り住まいでは贅沢《ぜいたく》はできない。人手も足りない。庭の手入れもままならぬまま雑草がはびこっているので、葎屋敷と呼ばれている。

「それではお寂しゅうございますね」

事情を聞けば、他人事《ひとごと》ではなかった。結寿も継母との折り合いが悪く、自ら祖父の隠宅へ身を寄せている。生さぬ仲の親子には屈託があるものだ。

「ご近所ですもの、火事見舞いをお届けしてはどうでしょう」

ねえお祖父さま……と、結寿は幸左衛門に目を向けた。

「どうかの、先生の話では、ご後室は客人を好まぬそうだぞ」

吉也は宗仙の門下で、熱心に俳諧を送りつけてくる。が、門人の集まりには、これまで一度も顔を見せたことがないという。

「ご後室さまは、どのような俳諧をおつくりになられますんで」

「お寂しいご老女さまですもの、さぞや、もの悲しい俳諧でしょうね」

百介と結寿は口々に訊《たず》ねた。

隠宅にこもって人にはめったに会わぬという老女である。我が身の境遇を嘆き、その憂さを俳諧で癒《いや》そうとしているのだろうと思ったのだが……。

「それが、そうばかりではないんじゃ」

宗仙は思わせぶりに目くばせをした。

「吉也さまから最初にいただいたのは、迸《ほとばし》る泉知らずや金葎《きんむぐら》、というものじゃった」

老女の俳諧とは思えない。むしろ、湧《わ》き出《い》ずる情念をもてあましているような、活《い》き活《い》きした俳諧である。

「つい先日も、灸花《やいとばな》朱芯にまどう終《つい》の家、とお詠みになられた」

灸花は白い可憐《かれん》な小花で、なかにぽっと火が点《とも》ったような朱赤の芯がある。なにやら艶めいた趣きに、宗仙はまだ添削もできずにいるという。

一同はしばし言葉を失っていた。吉也の俳諧を思い思いに反芻《はんすう》している。

「わたくし、ますます吉也さまにお会いしてみとうなりました」

結寿は目をかがやかせた。

吉也には悲恋の思い出でもあるのか。遠い昔を偲《しの》んで、燃える思いを俳諧に託したのかもしれない。家人との折り合いが悪く、自ら家を出たことに加え、叶《かな》わぬ恋の思い出を抱く老女——俄然《がぜん》、結寿の好奇心は高まっていた。

「宗仙先生。どうぞ、わたくしを葎屋敷へお連れください」

「どのみち見舞いにうかがうつもりでおったゆえ……」

「でしたら、そのときはわたくしも」

俳諧の師匠が見舞いに来たとあれば、門前払いを食わすわけにもいかない。結寿は宗仙から約束を取りつけた。

「ところで、焼け跡から見つかった骸《むくろ》はいかが相なりますので……」

羊羹を食べ終えた百介が、幸左衛門に訊ねた。

「火盗改方が運び出した。どこぞ、無縁墓地に埋葬するよりあるまい」

「ご詮議もなく……」

「幸村家はお旗本、それも書院番だ。先代のご後室に由々しい噂が立っては一大事。余計な詮議はいたしかねるのだろう」

「となると、骸の素性はわからずじまいで……」

「おぬしも言うたではないか、勝手に入り込んだ浮浪者だと」

「さいではございますが……」

百介はなんとなくすっきりしないといった顔。こうした即断は、火盗改方ではいつものことだった。武家の事件については、公にしないのが原則である。

いずれにしろ、この一件は町方の管轄外だった。火盗改方が詮議に及ばずというなら、なにをか言わんや。

「火事の原因もわからずじまいなのですね」

「浮浪者が入り込んだ。火の始末を怠ったまま、酔いつぶれて寝てしまった。おそらくそんなところだろう。でなければ、そやつも逃《に》げ果《おお》せていたはずだ」

幸左衛門の考えに宗仙もうなずいた。

「葎屋敷には幽霊が出るとの噂もあるそうにござる。ま、ご老女が独りで住んでおれば、狐狸《こり》やムジナばかりか、浮浪者や幽霊にはかっこうの棲処《すみか》、なにが出てもふしぎはない、ということでござるよ」

宗仙は冷水を美味《うま》そうに飲み干す。

百介はそろそろと手を伸ばして、もうひとつ羊羹をつまみ上げた。

結寿は、まだ見ぬ老女に思いを馳《は》せている。

三

三日後、宗仙が結寿を迎えに来た。

あらかじめ約束をしていたので、結寿は早々と百介を使いに出して、上物のさらし一反と砂糖一包みを実家から運ばせておいた。吉也への火事見舞いである。

「何年もお会いしておらぬゆえ、わしも独りではお訪ねしづろうての、結寿どのが一緒でようござった」

葎屋敷へ向かう道々、宗仙は懐紙で額の汗を拭った。

「今日はいつもの先生と様子がちがいますね。なにをそんなにそわそわしておられるのですか」

結寿はけげんな顔である。

「へへ。幽霊を怖がっておられるんじゃござんせんか」

見舞いの品を捧げて二人のあとに従う百介が、忍び笑いをもらした。

「怖がる……めっそうもない。ただ、なんと言うか、長年、俳諧をやりとりしてきた女人にいざ会うとなると……」

「なるほど。葎屋敷のご後室に、先生はひそかに恋い焦がれていた、てな塩梅《あんばい》で」

「そうではない。そういうことではないのだ」

宗仙は真っ赤になった。

「百介。先生をからかうものではありませぬよ」

結寿に叱《しか》られて、百介はぺろりと舌を出す。

宗仙は老妻に先立たれてから、独り身を通している。が、まだまだ枯れてはいなかった。手当たり次第に美女をくどき落としては絵に描いているものの、老絵師の恋が実ったためしはない。絵のなかで艶然と微笑《ほほえ》む美女は、絵が仕上がり、なにがしかの謝礼を手にすればもう、老人には目もくれなかった。

惚《ほ》れっぽい宗仙が、情感のこもった俳諧を詠む女人に一方ならぬ関心を抱くのは、当然といえば当然である。

「吉也さまはおいくつですか」

「はて、四十も後半になられようか」

二十歳過ぎれば年増、三十で大年増、四十過ぎれば立派な老女だ。

「先生が最後にお会いになられたのはいつ頃ですか」

「ご亭主がお亡くなりになられて間もない頃ゆえ、五、六年前であったかの」

「お美しいお人なのでしょう」

「美しい……むろん、お美しゅうはあられたが、万事控えめで、さほど目立たぬお人じゃった。それゆえに驚いたのじゃよ、俳諧をつくったお人は別人ではないかと」

宗仙の声はうわずっている。

恋い焦がれていた、というより、宗仙は吉也という女の絵姿を勝手に描いていたのだろう。それゆえに、期待と不安が高まっている。

かつての吉也は楚々《そそ》とした女だった。ところがつくった俳諧はその印象をくつがえすものだった。こたびもまた、驚かされるのではないか。驚きならよい、幻滅かもしれない。宗仙の不安はそこにある。

話をしているうちに、くらやみ坂へ来ていた。

「あれでは幽霊も尻込みをいたしますよ」

二人を待たせて葎屋敷の周囲をぐるりとまわった百介は、首を振りながら帰って来た。樹木や葎は焼けてしまった。にわか拵《ごしら》えの竹垣が目隠しになっている。隙間を見つけてなかを覗《のぞ》いてみたという。瓦礫《がれき》は運び去られていたが、黒こげの柱や煤《すす》けた竈《かまど》が無惨な姿をさらし、土を掘り返した跡が生々しく残っていたとやら。

くらやみ坂に面した屋敷の表側は、無傷のままだった。枝葉が鬱蒼《うっそう》と庇《ひさし》を伸ばして、夕暮れどきのような薄闇が坂道を包んでいる。

幸村家の門は坂の上り口にあった。冠木門《かぶきもん》に門番はいない。宗仙が門柱に取りつけられた鐘を叩《たた》く。

そのときだ。なにげなく坂を見上げた結寿は、人影を見つけた。向かいの屋敷……といっても、坂の中程にある門の前に男がしゃがみ込んでいる。股引《ももひき》に半纏《はんてん》姿、手拭いで頬かぶりをして、悠然と長煙管《ながぎせる》をつかっていた。顔はわからない。が、かたわらに笊《ざる》と鉈《なた》、植木鋏《うえきばさみ》など置かれているところを見ると植木屋らしい。向かいの屋敷から呼ばれたものの、約束の時刻より早く着いたので門前で一服している、とでもいったかっこうである。

内側から門が開いた。宗仙がまずなかへ入る。

「お嬢さま、さァ」

百介にうながされて、結寿があとへつづこうとしたときだった。

植木屋がこちらへ顔を向けた。と、同時に飛び上がった。文字どおり飛び上がったように見えた。煙管をつかんだ手を振り上げる。用事があるなら大声で呼べばよい。声は出さず、両手を振りまわしながら、あわてふためいて駆けて来る。

「気味が悪いわ。行きましょ」

「季節柄、風変わりなお人が出るもので」

主従は逃げるように門をくぐった。

門内で待ちかまえていたのは、腰の曲がった老僕である。

「奥さまからうかごうてございます。どうぞ、こちらへ」

老僕は慇懃《いんぎん》に挨拶をして、ギギギッと門を閉めた。

葎屋敷と呼ばれるだけあって、屋敷内は草木が茫々《ぼうぼう》と生い茂っていた。雑草で半ば隠れた敷石を踏んで玄関へ向かう。背後で、門扉に体当たりするような音が聞こえていた。

さっきの植木屋が扉に突進したのか。堅固な門扉はびくともしない。

玄関は旗本屋敷の体裁だった。今でこそ後室の隠宅だが、昔は旗本自身が家人と共に住み暮らしていたのだろう。古ぼけてはいるものの、式台は広々として、檜《ひのき》の柱も花鳥風月が描かれた屏風《びょうぶ》もかつての栄華を留《とど》めていた。

玄関先に百介を残して、結寿と宗仙は中庭に面した座敷へ入る。せっかく庭はあっても、やはり雑草がはびこって、どう見ても茅屋《ぼうおく》の趣きだった。

「この庭なら人が隠れるにはもってこいですね」

結寿は殺風景な座敷に視線を移した。床の間には花瓶もなければ掛け軸もない。掛け軸があった場所は漆喰《しっくい》の色がわずかながら変わっていて、長年掛けていたものを、近年になってはずしたのがわかる。

「褒美をやると言われても、庭に隠れるのはまっぴらじゃ。ここに座っているだけでも、おう、おうおう、またかッ。こいつめッ。うう、痒《かゆ》くてたまらん」

宗仙はヤブ蚊の歓迎をうけて、ぴしゃぴしゃと手足を叩いている。

しばらく待っていると、女中が茶菓を運んできた。色あせた木綿物を着た年若い娘で、おどおどと落ち着きがない。

「お聞き及びかと思いますが、火事がありましたもので、屋敷内の品々はひとまとめにいたしました。殺風景にてお見苦しいとは存じますが……」

垢抜《あかぬ》けない女中は、教え込まれた台詞《せりふ》を復唱するように、小さな声でもごもごと説明をした。薄い麦湯と干からびたような羊羹の、これもごく薄く切ったひと切れを、結寿と宗仙の膝元に置く。むろん虎屋ではなく、見るからに安物の羊羹だ。

「少々お待ちください。こたびの火事で、奥さまはひどく動揺しておられます。ご心痛はげしく、お体の具合もすぐれぬご様子にて……」

「かようなときに押しかけ、かえってご迷惑じゃったかの」

「いいえ、宗仙先生には、日頃からお世話になっておりますから」

「さほどのことはしておらぬが」

「奥さまは俳諧がなによりの楽しみだと申しております」

女中が退出すると、宗仙はまたもや懐紙で汗を拭った。額だけでなく、首にも胸元にも玉の汗が浮き出ている。昂《たかぶ》りがいよいよ頂点に達しているらしい。

宗仙の興奮が移ったか、結寿もなにやら落ち着かなくなってきた。というより、これでは人里離れた廃墟《はいきょ》にまぎれ込んだかのようだ。

「ねえ先生。ここはもしや、安達が原ではないでしょうね」

謡曲の「安達が原」はとびきり怖い。旅の山伏《やまぶし》が陸奥国の辺鄙《へんぴ》な山里で女に宿を借りる。深夜、女が山へ薪を取りに出かけた留守に、絶対に見てはならぬと言われた女の閨《ねや》を覗いたところ、おびただしい人骨と死骸が山なしていた……という話だ。

宗仙はぎょっと目をむいた。

「結寿どのはお人が悪い。物騒な冗談を言わんでくれ」

「でも、ほんとにそんな気がしますもの。焼け死んだ人は宿を借りた旅の山伏で、焼け跡の土中には人骨がごろごろ埋まっているとか……ひゃッ」

最後のひと言は悲鳴である。同時に宗仙もぎゃッと蛙《かえる》がつぶれたような声を発した。

二人の目の先に小石が飛んできた。

親指と人差し指でつくった輪ほどの大きさの石は、塀の外から投げ込まれたようだ。縁側へ落ちて転がり、庭へ落ちる寸前で止まった。

「子供のいたずらかしら」

「人騒がせな屋敷じゃ。どれ……」

宗仙が小石に這《は》い寄る。拾い上げたところで、またもや奇声を発した。

先刻の腰の曲がった老僕が、藪陰《やぶかげ》からぬっと現れた。

「なんぞ、ござりましたか。悲鳴が聞こえましたが……」

「い、いいえ。なんでもありませぬ」

「足がすべっただけじゃ」

老僕がいなくなるや、宗仙は舌打ちをした。

「足音もたてず……薄気味の悪いやつめ」

二人は額を寄せて小石を眺めた。

なんの変哲もない石ころである。が、よく見ると、片面に墨のようなものがついていた。文字に見えぬこともない。

「妙な字ですね。兇でしょうか」

「下は心ではないかの、ほれ、点がついとる」

「だったら、悪、かもしれませぬ」

「いや、よう見ると、鬼、とも読める」

「鬼ッ」

「ふん、下手くそな字じゃ。やはり子供のいたずらか」

宗仙は吐き捨てるように言ったが、結寿は奇っ怪な植木屋を思い出していた。あの男はなにかを伝えたがっていた。が、屋敷のなかへ入れないので石を投げた。そう考えるのは穿《うが》ちすぎだろうか。

宗仙には言わなかった。吉也との再会に胸も頭もいっぱいになっている男に、あれこれ言ってもはじまらない。それに、目的は火事見舞いだけではなかった。待ち受けているものが厄災でも危難でも、吉也に会わずに帰るわけにはいかない。

吉也は一向に現れなかった。だだっ広い屋敷なので奥の様子はうかがい知れない。が、ときおり足音や人声らしきものが聞こえて、なんとはなし不穏な気配が伝わってくる。

「われらは忘れられておるのやもしれぬぞ」

「取り込んでいるようですね。先客でもおありなのでしょうか」

　二人は次第に心細くなってきた。手つかずの麦湯と、何日も食い物を口にしていない旅人ならともかく、不味《まず》そうでとても食べる気になれない羊羹を眺め、申し合わせたようにため息をつく。

「見舞いだけ置いて帰るとしよう」

　そうは言っても、だれも来ないのでは暇《いとま》を告げることもできない。

「だれかいないか、見て参ります」

　結寿は腰を上げた。安達が原などと言ったことを、今となっては悔やんでいる。見てはならぬものを見てしまいそうで恐ろしい。

「待たせるほうが悪いんじゃ。だれもおらねば、このまま帰ってしまえばよい」

　宗仙もあわてて腰を浮かせたのは、ひとり残されるのが怖くなったのか。さっきまでの昂りもさすがにしぼんで、顔にはおびえの色が浮かんでいた。

　二人が廊下へ出ようとしたとき、奥から女中が小走りにやって来るのが見えた。座敷へ戻り、何食わぬ顔で女中を待ち受ける。

「申しわけございませぬ。奥さまはやはりお出ましにはなられぬそうにて……」

　女中はくどくどと詫《わ》びを述べた。

　二人は顔を見合わせる。

「では、またお具合のよろしいときに出なおして参ろう」

「どうぞ、お大事にとお伝えください」

それぞれ見舞いの品を差し出し、あらためて腰を上げた。肩すかしを食わされたようで腹立たしい。が、反面、安達が原から抜け出せるとあって安堵《あんど》している。

玄関先では百介が居眠りをしていた。かたわらに空の湯呑《ゆの》みと皿があるところを見ると、ふるまわれた茶菓をたいらげたようだ。

「百介、百介。帰りますよ。百介ったら、起きなさい」

寝ぼけ眼《まなこ》を瞬《しばたた》かせて、百介は大あくびをした。

「まったくもう、だらしがないわね」

結寿は玄関から前庭へ出る。と、老僕が鉞《まさかり》を手に、じっとこちらを見つめていた。背筋がぞくりとしたのは、鉞の刃が木もれ陽を浴びてぎらりと光ったからか。

門へ向かおうとしたとき、玄関のなかでざわざわっと物音がした。

「お待ちください。奥さまがこれを」

女中が駆けて来た。差し出したのは俳諧である。ありあわせの紙片に急いで書き留めたような、それでいて流麗な筆致だった。

結寿が声を出して詠む。

「燃え尽きよ短夜《みじかよ》のゆめ鬼の宿……燃え尽きよ……鬼の、宿」

はっと目を上げた。

「百介ッ。これを大急ぎで父上に」

「へ……」

「先生はお先に、さァ、早う」

「お嬢さま、どこへ……あ、お嬢さまッ」

結寿は女中を押しのけ、玄関へ駆け込んだ。草履を脱ぎ捨て、式台にいたもう一人の女中の止めようとする手を振り払って、奥へ奥へと急ぐ。無謀なふるまいだった。なぜ、引き返したのか、なにをあわてているのか、自分でもはっきりとはわからなかったが、熱いかたまりがこみ上げてきて、どうしても吉也に会わずにはいられなかった。それも、一刻も早く。

薄暗い廊下の両側には、陰気で黴臭《かびくさ》い座敷が並んでいた。家具や調度はほとんどない。閉じた襖《ふすま》を開けるたびに、背筋に悪寒が走った。もしや、白骨や死体に出くわすのではないか。馬鹿げているとわかっていても、安達が原が頭から離れない。

最奥の座敷で人の気配がした。

結寿は勢いよく襖を引き開けた。白装束の女が、不自然な格好でうずくまっている。「あッ」と叫んで、畳の上に置かれた懐剣に飛びついた。武家の娘だ。ひと目でこの場の状況を読み取っている。

女も黙ってはいなかった。

「なにをするッ」

奪われまいと体ごとぶつかってきた。しばらく揉《も》み合ったものの、若い結寿のほうが力で勝っていた。女を押しのけ、懐剣を奪い取る。

「お鎮まりください」

女は畳に両手をついて、大きく息をはずませていた。化粧気はなく、長い髪をうなじでひとつに結んでいる。足首にしごきの紐《ひも》がからまっているところを見ると、ちょうど両足首を結わえようとしていたのだろう。あと少し遅かったら、女は自害していたにちがいない。

「吉也さまにございますね。なにゆえ、かようなことを……」

結寿は懐剣を文机《ふづくえ》の上に置き、吉也のかたわらへにじり寄って薄い肩を抱き寄せた。近くで見ると、髪には白髪が幾筋か、目元や口元には細かいしわがある。

吉也は放心したように畳の一点を見つめていた。荒い息をついている。

「吉也さま……」

もう一度、名を呼ぶと、視線を泳がせた。

「面白うもない暮らしじゃった。夫の言うがままの。思い悩むこともない代わり笑うこともない。そこへあの人が……あの男が現れたのじゃ」

あの男がだれかは訊かなかった。結寿は黙って吉也の背中をさすってやる。

「あの人がおらねば……ああ、わたくしはもう、生きてはおれぬ」

吉也は今や結寿の胸にすがってむせび泣いていた。

やはり、思ったとおりだった。「迸る」と詠み「朱芯にまどう」と詠み「燃え尽きよ」と詠んだ女が、恋に無縁とは思えない。長い年月、黙々と夫に従ってきた妻なればこそ、そのあと、男に惚れてしまったとき、胸の炎を消すことができなかったのだろう。

けれどそれは「短夜の夢」で終わった。吉也が命を絶とうとしたのは、老いらくの恋が終焉《しゅうえん》を迎えたからにちがいない。

では「鬼の宿」とはどういうことか。

「吉也さま。吉也さまが想《おも》うていたお人は、火事で焼けてしまったという離れに住んでいたのではありませんか、いいえ、もしや、隠《かく》れ処《が》にしていたのでは……」

あえて隠れ処と言ったのは、結寿の頭のなかである考えが芽生えていたからだ。その考えは、老女の顔に浮かんだ苦悶《くもん》の色を見たとたん恐ろしい確信になる。吉也は、聞き取りにくい声で打ち明けた。

「悪鬼と知りつつ……わたくしはずるずると……」

悪鬼――。

そう。あの離れは、盗賊の隠れ処だったのではないか。

無我夢中でこれまで気づかなかったが、玄関のあたりでざわめきが聞こえていた。結寿と吉也の攻防はごく短時間の出来事だったが、それでも、だれも闖入者《ちんにゅうしゃ》を追いかけて来ないのはおかしい。

泣き伏している吉也なら、もうひとりにしても安心。結寿は廊下へ出た。そこでまたもや目をみはる。女が二人、折り重なるように倒れていた。例の若い女中と、玄関にいた年配の女中である。

「どうしたのですか」

駆け寄ろうとすると、暗がりから耳慣れた声が聞こえた。

「当て身を食らわしただけだ。案ずるな」

「妻木さまッ」

「しッ。武家屋敷内は我が町方の管轄外。見つかれば大事になる」

「妻木さまはこの屋敷を見張っておられたのですね。ここが盗賊の隠れ処だとご存じで……」

「行方知れずのいわしやの手代は、昔、幸村家の小者だった。焼死体はそやつだろう」

ごめん、と言って、道三郎は裏庭へ駆け下りた。焼け跡の向こうの竹垣を越えて逃げるつもりか。うしろ姿は、思ったとおり、あの植木屋だった。

当て身なら、女中たちも早晩、息を吹き返すにちがいない。

結寿は吉也のもとへ戻った。

「吉也さま。死んではなりませぬよ。短夜の夢は覚めても、思い出が消えるわけではありませぬ。宗仙先生は、吉也さまには俳諧の才がおありだとたいそう褒めておられました。夢のつづきは俳諧で……」

ご無礼いたしましたと挨拶をして、奥座敷をあとにする。

玄関にはだれもいなかった。門のかたわらの大木の根元に老僕がうずくまっている。火盗改方へ報《しら》せに行ったのだろう、百介の姿はない。代わりに見張りを頼まれたのか、鉞を手にした宗仙が困惑顔で突っ立っていた。

結寿を見て、宗仙は喜色を浮かべる。

「おう、ご無事でようござった。助け出すゆえ安心せよと妻木さまは仰せられたが、結寿どのになんぞあってはと、生きた心地もせなんだわ」

「奥さまは……奥さまもご無事でおられましょうか」

老僕が訊ねた。百介と格闘でもしたのか、へたばっている。

「ご無事です。間に合いました。お嘆きは深《ふこ》うございますが、ようよう落ち着かれたご様子にて……」

「おう、ありがたや」

老僕は目を瞬いた。心底、女主《おんなあるじ》の安否を気づかっている証《あかし》に、涙で頰をぬらしている。老僕は、女主に忠実であろうとするがために、盗賊一味の出入りを黙認していたのだろう。女主に罪が及ばぬよう、体を張って守るつもりでいたのだ。

葎屋敷が盗賊の隠れ処だったとして、吉也は盗賊事件にどの程度かかわっていたのか。焼死体が引き込み役なら、吉也の相手は別人のはず。惚れた男は何者か。

その謎を解くのは火盗改方、もしくは町方である。

道三郎が戻って来た。扉が開いていても町方は武家屋敷へ入れない。門の外から門内の老僕に向かって詮議をはじめる。火盗改方が駆けつければ、町方の出番がなくなるからだ。

「焼け跡の骸は、いわしやの手代か」

「へい」

「仲間割れか。それとも口封じか」

「口封じではないかと……」

「やつらは離れの縁の下に穴を掘って、盗品や金子《きんす》を隠していたのか」

「へい。ですがあっしも奥さまも、これまで存じませんでした」

「何人くらいおったのだ」

「さあ……七、八人は出入りしておりました」

「奥方と親しゅうしておったは頭領か」

「へい。はじめは唐物屋の番頭との触れ込みにございました。奥さまはお手元不如意にて、どうにも立ちゆかず……ただ、由緒のある品々がたんとござりましたので、少しでも高《たこ》うお売りになり、暮らしの足しにしようと思われたのでござります。番頭は親切なお人で、あれこれやりとりをするうちに入りびたるようになり、奥さまも情に溺れられて……。そのうちに見知らぬ者たちが出入りするようになりました」

屋敷にこもっていて人づきあいの乏しい吉也である。妙だと思い、なにか悪事を働いているのではないかと怪しんではいたものの、まさか離れに棲みついた者たちが世を騒がしている盗賊一味だとは思いもしなかった。真相がわかったのは、火事騒ぎのあとである。離れは焼け落ち、一味は消え、焼け跡から骸がひとつ出てきた。

「一味について、知っていることを教えてくれ」

盗賊はまだ捕らえられたわけではなかった。町方と火盗改方の競い合いはこれからが本番である。どちらが手柄を立てるか。いや、手柄などどちらでもよい。一日も早くお縄にしてほしいと結寿は願うばかりである。

詮議を終えると、道三郎は結寿に目を向けた。

「いくら待っても出て来ぬ。なにかあったのではないかと心配での、小石を放った」

「はい。それで気がつきました。もしや、あの植木屋は妻木さまではないかと」

「わしは気づかなんだわ。あの下手な字ではわけがわからん」

宗仙が不服を述べ立てる。道三郎は聞き流した。

「ようやく出て来たと思うたら、結寿どのは屋敷のなかへ駆け戻ってしもうた。あのときは胆《きも》を冷やしたぞ。大あわてで裏手へまわった」

「わたくしの身を案じてくださったのですね」

「むろんだ。ともあれ結寿どののおかげで悪党どもの正体が見えてきた。礼を申す」

「わたくしはなにも……」

「いや。手づるができた。奉行所へ戻って人を集める」

「その前に妻木さま、あの、お話が……」

「うむ。聞こう」

と、言いながらも、道三郎は今しも駆け出そうとしている。

「いえ……。またにいたします」

「すまぬ。一刻を争うことゆえ」

「はい。首尾よく運びますよう、お祈りしております」

行ってしまった。

言うまでもなく、江戸の治安はなににもまして優先されるべき問題である。それに比べれば、縁談など取るに足らない。とはいうものの……。

結寿は恨《うら》めしげにうしろ姿を見送る。深々とため息をついたのは、結寿だけではなかった。

「吉也さまに惚れた男がおられたとは……それも盗賊の頭領だったとはのう」

宗仙は力尽きたように門柱によりかかっていた。興奮しすぎたために、疲労も激しいのだろう。

「わしはいつも短夜の夢ばかりじゃ」

「燃え尽きるどころか、これでは小火のままで消えてしまいます。ああ、どうしたら……」

それぞれの思いに沈む二人のかたわらで、

「おいたわしや、かような酷《むご》い目にあわれるとは、神も仏もないものか」

老僕は盛大に洟《はな》をすすった。

四

麻布十番の通りを下る。掘割に出る手前は青々とした草が波打つ馬場。馬場の隣にはささやかながら町家が並び、その一画に稲荷《いなり》がある。

馬場丁稲荷は、馬場のもう一方の側にある竹長稲荷と共に、結寿にはなじみの深い場所である。恋の成就を祈願するのも、道三郎と束の間の立ち話をするのも、いずれかの稲荷の境内だ。

秋風が立ちはじめたこの日は、両稲荷の縁日だった。さほど広くもない境内には人があふれ、十番の通りにも馬場のまわりにも、にわか屋台や振売りが出て、にぎやかな呼び声を競っている。

「ほらほら、駆けてはなりませぬ。人さまにぶつか……あッ」

小源太は肥えた女の尻にぶつかってすっ飛ばされた。転んでも元気よく立ち上がって、また駆けて行く。

「結寿姉さま。覗きからくり、見てもいい」

小源太の姉のもとは、出がけに父親からもらった銅銭をにぎりしめていた。空いたほうの手で、結寿と手をつないでいる。

「いいですよ。弥之吉《やのきち》ちゃんも好きなものをお買いなさい」

遅れがちについてくる弥之吉にも、結寿は笑顔を向けた。

おしゃまなもと、人見知りの弥之吉、腕白坊主の小源太……ゆすら庵の子供たちは、日々、悩んだり喧嘩をしたりしながらも逞《たくま》しく生きている。

結寿はふっと竜土町の実家にいる異母弟と異母妹を思った。継母に厳しく躾《しつ》けられたので、礼儀正しく、言葉づかいもきちんとしている。まちがっても、小源太のように、結寿に向かってあかんべえをすることはない。けれど——。

こうして手をつないで、縁日に出かけて来たことは一度もなかった。連れて来てやりたい。他にももう一人、連れて来てやりたい子供がいた。

道三郎の一子、彦太郎である。

巷《ちまた》を騒がせていた盗賊は、つい先日、お縄になった。一網打尽にしたのは町方、道三郎が属する北町奉行所である。吉也の老僕から得た手がかりを慎重にたどって、新たな隠れ処を探り当てた。血気に逸《はや》って強引な探索をつづけ、疑わしき者を片っ端から捕えては拷問《ごうもん》にかけていた火盗改方は、結局、からまわりばかりで、町方にしてやられた。

かつての勢いが失せた火盗改方は、今では「町方は檜舞台、火盗改方は乞食芝居」と揶揄《やゆ》されるほどに、江戸庶民からも軽んじられている。

――情けない。わしの頃は火盗改方というだけでふるえあがったものだ。

幸左衛門は嘆くことしきりだった。

祖父は町方に一目おいているらしい。この機に乗じて、結寿は、道三郎に思いを寄せていることをそれとなく祖父に話してみた。が、幸左衛門が首を横に振った。

――こたびの一件で、われらは面目を失った。火盗改方は町方に怨み骨髄じゃ。そなたの父もしかり。さようなことを言うてみよ、妻木どのは八つ裂きにされよう。

しかも小山田家との縁談は本決まりとなり、祝言は来春と定まった。万策つきたまま、結寿はいまだ道三郎と逢《あ》えずにいる。

「結寿姉さま。ねえ、姉さまってば、どうしたの」

「え。どうもしませぬよ」

「そうかなあ。ぼんやりしちゃって。母ちゃんも言ってたよ、結寿さまはずいぶんお痩せになられた、なにか心配事がおありなんじゃないかって」

「そんなことないわ。夏はね、だれでも痩せるものですよ」

人混みをかき分け、稲荷にお詣《まい》りをする。

柏手《かしわで》を打ち、目を上げたところで、結寿ははっと息を呑んだ。

「妻木さまッ。まあ、彦太郎どのも……」

隣で道三郎父子が参拝している。

「捕り方の稽古を長いこと休んでしもうた。師匠に詫びようと思うての、立ち寄ったが、だれもおらなんだ」

「祖父は百介を連れて出かけました。組頭に呼ばれたとか。こたびの失態で、火盗改方は不甲斐《ふがい》ない思いをいたしました。祖父から助言をもらおうというのでしょう」

幸左衛門は得意満面で出かけて行った。

「されば会わんでようござった。散々に嫌味を言われるところだったわ」

ゆすら庵で結寿と子供たちが縁日に出かけたと聞き、あとを追いかけて来たという。

子供たちを先に行かせて、道三郎と結寿は、馬場丁稲荷から竹長稲荷へつづく馬場沿

い の道をそぞろ歩いた。どこもかしこも人が行き交っていて、いつものように境内で立ち話をするわけにはいかない。

「葎屋敷で逢《お》うたとき以来だの。あのときはすまなんだ。凶悪な盗賊を早う捕らえねば、罪なき命が奪われる。焦っておったのだ」

それだけではない。火盗改方と顔を合わせるわけにはいかない。だが、結寿を残して立ち去ったのが気になって、あのあと何度かゆすら庵で様子を訊ねたという。

「でしたらお顔だけでも見せてくだされればよろしかったのに」

寂しゅうございました、とつぶやくと、道三郎は照れくさそうに目を瞬いた。

「逢えばまた逢いとうなる。事件が落着するまでは、堪えようと思うたのだ。気が散らぬように」

「わたくしもさよう思うてご遠慮しておりました」

その間に縁談が進んでしまった。けれど、もしもっと早く話していたとしても、いったい二人にどうすることができたというのか。

眉をひそめていたらしい。

「変わりはなかったか。少々痩せたようだが」

道三郎は案じ顔を向けてきた。

「実はわたくし……いいえ、いいえ、変わりはありませぬ」

言いたいのに言えない。

「結寿どのが哀《かな》しそうな顔をしておると、気になってならぬ」

「哀しくなどありませぬ。こうしてお逢いできたのですもの」

「なればよいが」

「ただ、あの、わたくし……」

「お、あれを見よ」

道三郎は前方の人だかりに顎をしゃくった。軽快な声と共に扇を板に打ちつける音が聞こえているところをみると、辻講釈《つじこうしゃく》でもしているのか。子供たちは足も止めない。人だかりは年配者ばかり。

道三郎の視線を追いかけて、結寿はあッと声をもらした。

「まあ、驚いた」

「先生も隅に置けぬのう」

人だかりのなかに宗仙と吉也がいた。遠慮があるのか、親しげというほどではないが、互いに互いを気づかっている様子が見てとれる。

「吉也さま、お顔の色がようなられました」

屋敷にこもってばかりいた女が、縁日の人ごみに出かけて来た。それだけでも大きな変化である。

「奥方に取り入っていた盗賊は、葎屋敷の家具・調度、奥方の着物まで売り払っていたそうだ」

「死罪は逃れられませんね。吉也さまが動揺なさらねばよいのですが」

「女子は変わり身が早いというゆえ」

「いいえ、どうして惚れたお人を忘れられましょう、たとえ結ばれなんだとしても」

思わず力が入ったのは、惚れてはならぬ男に惚れた吉也の苦悩が他人事とは思えなかったからだ。

道三郎は結寿を見た。

なにか言おうとしたようだが、そのとき、小源太が駆けて来た。

「姉ちゃん。もと姉ちゃんが覗きからくり見てやがる。おいらも見たいよう」

「なんですか、その言い方は。どうしてきちんとした言葉が使えないのですか。お姉さんに『見てやがる』はないでしょう」

「わかってるって。なァ妻木の旦那、頼む。彦太郎坊ちゃまと一緒に見るからさ」

「よしよし。今日は特別だぞ」

小源太に手を引っぱられながら、道三郎はおどけて顔をしかめて見せる。

結寿は笑った。

ぎこちない笑い……胸のなかには焦燥と悲哀が渦巻いている。それでも結寿は、この貴重なひとときを台なしにはすまいと心に言い聞かせていた。
晩夏から初秋へ。季節は容赦なく移ろおうとしている。
頭上にあった太陽も、いつのまにか西に傾いていた。

駆け落ち

一

草履の爪先で、結寿《ゆず》は小石をトンと押した。

周囲にはだれもいない。たとえいたとしても、ほんの一瞬の、武家娘らしからぬ動作に気づく者はいないはずだ。

小石は勢いよく坂を転がり落ちた。狸穴《まみあな》坂は急勾配である。

もう、止めようがないのだわ――。

小石の行方を目で追いながら、結寿は深々とため息をついた。

小山田《おやまだ》家との縁談は着々と進んでいる。先日、祝言の日取りが決まった。六月のはじめとなれば、あと二月半ほどしかない。どうしようどうしようと思い悩み、道三郎《みちさぶろう》に打ち明けなければと焦りながら、なにもできないまま、とうとうここまで来てしまった。

はじめから実る恋ではない。

武家の婚姻は、当事者同士ではなく家同士の決め事である。結寿と道三郎がどうあがこうが、今となってはどうするすべもなかった。

それでも……と、結寿はあたりを見まわす。

はじめて道三郎と出会ったのはこの坂だった。もう一度、あの日に戻りたい。

あのとき、道三郎はムジナを探していた。あれは偽のムジナだったが、本物のムジナが現れて、急場を救ってはくれぬものか。ムジナが自分の身代わりになって小山田家へ嫁ぐ……などというお伽噺《とぎばなし》はどうだろう。

奇跡が起こりそうな気がして、用もないのに狸穴坂へやって来た。

なにも、起こらなかった。眼下には掘割と馬場、寺社と武家屋敷とその合間に軒を並べる商家、数多《あまた》の坂を有する麻布界隈《あざぶかいわい》の、早春の景色が広がっている。

意に染まぬ縁談だが、たったひとつだけありがたいことがあった。小山田家が狸穴坂からほど近い場所にあることだ。坂を上りきれば飯倉片町の大通りで、通りの向こう側は上杉家の広大な屋敷、小山田家はその先の御先手組《おさきてぐみ》の大縄地《おおなわち》にある。

結寿の実家、祖父の隠宅、そして婚家はいずれも歩いて行き来ができる。

縁談が決まって以来、結寿は何度となく、八丁堀へ押しかける夢を見た。家を棄《す》て、親を棄て、持てるものすべてを棄てて道三郎のもとへ飛んでゆく……。

夢が叶《かな》ったらどうなるか。非難されるのは道三郎だろう。非難されるだけではない。

町方と火盗改方《かとうあらためかた》とのいがみ合いがますますひどくなる。道三郎は免職になるかもしれない。武士の身分さえ棄てざるを得ない、ということも……。となれば、二人は駆け落ちをするしかない。

駆け落ち――。

甘美な言葉だった。見知らぬ国で、道三郎と二人、新たな暮らしをはじめる。それができたら、どんなに幸せか。

掘割の水面につづく、薄曇りの空を眺めた。あの空のかなたには自分の知らない世界がある。あまりに遠く、夢に見ることさえ叶わない、未知の世界だ。

結寿はもうひとつため息をつき、坂を下る。

下りきらないうちにざわめきが聞こえた。なんだなんだ、大変だ、おーいだれか、仇討《あだう》ちだぞーッ……いくつもの声が飛び交うなか、百介《ももすけ》のひときわ甲高い声が聞こえてきた。

「旦那さま、おやめください。どうか、馬鹿なことは……」

ひょうきんなおどけ者は大概のことでは驚かない。それなのに声が裏返っている。もしや、仇討ちとはお祖父《じい》さまを――。

結寿も血相を変えた。

火盗改方与力であった頃の祖父は剛腕で鳴らしていた。容赦のない処罰を下したことも一度ならず。怨《うら》みを抱く者がいてもふしぎはない。

ああ、どうしよう――。

小走りになっていた。坂を下りきったところは辻《つじ》、そのまま道なりに南へ行けば麻布十番の通りで、向かって左手がささやかな商店の並ぶ狸穴町、右手には大小の武家屋敷が連なっている。辻から狸穴町へかけて人が群れていた。

「あ、姉ちゃん」

人だかりのなかからいち早く結寿を見つけて、小源太《こげんた》が駆けて来た。

「なんなの、この騒ぎは……」

「仇討ちさ」

「だれがだれを……」

「討つのはだれだか知らねェけど、討たれるのは姉ちゃんの祖父さまさ」

「やっぱり」

結寿は小源太を押し退《の》け、人の群れをかき分けて、騒動の最中へ飛び込んだ。

ゆすら庵《あん》の前の路上で、幸左衛門《こうざえもん》と見知らぬ男がにらみ合っている。三十前後か、ひょろりとした男だ。日焼けした顔は頬がげっそりくぼんで、眼光だけがぎらついている。いでたちは木綿小袖に野袴《のばかま》、足ごしらえは甲掛け草鞋《わらじ》、おまけに鉢巻き襷掛《たすきが》け。

男も幸左衛門も、刀の柄《つか》に手をかけていた。ズッズッと男は間合いを狭める。

結寿は幸左衛門に駆け寄ろうとした。

「お嬢さん、お待ちをッ」

百介が行く手をふさぐ。

「いったいどうしたというのです？」

「見てのとおり、仇討ちのようで……」

「ようで？」

「へい。そいつがどうも妙な塩梅《あんばい》でして」

「なにが妙なのですか」

「旦那さまはお心当たりがないそうで……」

男は自ら三枝曾太郎《さえぐさそうたろう》と名乗った。祖父の名を呼び、「亡父の敵《かたき》、お覚悟召されぃ」と口上も述べた。つまり、仇討ちであることはまちがいない。幸左衛門自身は覚えていなくても、三枝某《なにがし》の息子が幸左衛門に怨みを抱くことは大いにあり得る。

ところが、三枝曾太郎はもうひと言、おかしなことをつけ加えたという。

「母をそそのかす……それではお祖父さまが、三枝さまとやらの母上をそそのかしたと言うのですか」

「どうもそのようで」

それを聞いた幸左衛門もけげんな顔をした。なにかのまちがいだろうと聞き返したが、血気に逸《はや》った男は聞く耳を持たない。尋常に勝負をせよと言い張るばかり。

血の気の多さでは、幸左衛門も引けを取らない。隠居後も、火盗改方の後輩やお手先連中を集めて捕り方指南をしている。それでなくても暴れたくてうずうずしていた。

「ええい、面倒だ、相手をしてやる。かかって来いッ」

というわけで、双方がにらみ合う。

殺気だった気配に、野次馬も集まって来た。

こうなると引っ込みがつかない。積年の怨みを晴らさんと意気込む三枝曾太郎は言わずもがなだが、好機到来、人前で狼藉者《ろうぜきもの》を打ち負かしていいところを見せようと、幸左衛門の肩にも力が入っている。

「お祖父さま、おやめくださいッ」

「三枝さまとやらも、まずはよう話し合って……」

仇討ちに割って入ろうとする結寿、行かせまいとする百介、二人は揉《も》み合いながらも懸命に呼びかけた。が、三枝曾太郎も幸左衛門も聞く耳を持たない。

「父の敵ッ、覚悟しろ」

「おう、どこからでもかかって来い」

「ううぬ、行くぞ」

男が抜刀して身構えると野次馬がどよめき、遠巻きにしていた人垣がさらに広がる。

一方、幸左衛門は鞘《さや》のまま刀を腰から抜き、わしづかみにした。

「ああ、どうしましょう」

「こうなったら気が済むまでやっていただくしかありやせん」

「そんな……」

「ご安心を。旦那さまが負けることは、万にひとつもございませんよ」

威勢だけはよいものの、よく見れば三枝曾太郎はへっぴり腰だった。全身に殺気がみなぎっている。眸《ひとみ》は憎悪に燃えていた。が、一分の隙もない幸左衛門を前にして、斬り込むきっかけをつかめずにいるようだ。

やはりこれは、なにかのまちがいかもしれない――。

結寿は首をかしげた。

男は明らかにとまどっている。自分がこれまで思い描いてきた敵とちがっていることに、今になって気づいたのではないか。気迫、構え、身のこなし……すべてにおいて、武芸者らしい幸左衛門の姿に、おや、こんなはずではなかったと動転しているさまが伝わってくる。

どう見ても、この勝負、幸左衛門に軍配が上がりそうだった。が、捨て身の男が相討ち覚悟で打ち込めば、万にひとつ、勝機があるかもしれない。いや、幸左衛門がたとえ勝ったとしても、相手に怪我《けが》を負わせては、後々さらなる怨みが残る。

「とにかく頭を冷やさなくちゃ。百介、小源太も、手を貸してッ」

結寿は二人をうながしてゆすら庵へ駆け込んだ。大家の傳蔵《でんぞう》や女房のていの手も借りて、ありったけの盥《たらい》や手桶《ておけ》に井戸の水を汲《く》む。

やあッ、とうッと気合いのこもった声が聞こえていた。男が斬り込むたびに、幸左衛門がはねのけているらしい。一同が盥や手桶を提《さ》げて戻ったときも、幸いなことに、まだ勝敗は決していなかった。

はじめこそ、猫が鼠《ねずみ》をいたぶるような気でいたのだろう。見かけ倒しの相手から思いのほか執拗《しつよう》に攻め立てられてうるさくなったのか、

「小癪《こしやく》なやつめ、これでも食らえ」

幸左衛門は満身の力で男を押し返した。尻餅をついた頭上へ刀を振りかざす。くるりと刀を返したのは、峰打ちにするつもりにちがいない。

百介はすかさず男の頭上から水をぶっかけた。

「うわッ、なにをする」

結寿と小源太も幸左衛門の顔に水を浴びせた。

「なんだ、よせ、馬鹿もんッ」

幸左衛門も両手を泳がせる。

「お祖父さま、いいかげんになさいませ」

「わしがなにをしたと申すのだ。そもそもはこやつが……」

「仇討ちは命のやりとりです。よう話を聞いた上で、思い当たることがあるならともかく、わけもわからずに受けて立つなど無謀すぎます」

結寿は騒ぎを起こした詫《わ》びを述べて、野次馬連中を退散させた。

捕り手の弟子たる本領を発揮して、百介は男を縛りあげる。早とちりかもしれないと思いはじめているのか、三枝曾太郎はおとなしくされるがままになっていた。

「元火盗改方与力、溝口《みぞぐち》幸左衛門さまに斬りかかるとは無礼千万」

「今、なんと……」

百介にすごまれ、聞き返す声もふるえている。

「泣く子も黙る溝口幸左衛門さまだ」

「幸左衛門……拙者は、溝口甲右衛門《こうえもん》とばかり……」

「ほらね、そんなことだろうと思っていました」

茫然《ぼうぜん》としている男を見て、結寿は忍び笑いをもらした。幸左衛門は耳が遠い。ざわついた路上では聞きまちがえるのも無理はなかったが……。

「お祖父さまもお祖父さまですよ。よくたしかめもせずに」

「ふん。たしかめる間もなく、こやつが襲いかかってきたのだ」

「故なき抜刀は御法度。旦那さま、どういたしましょうか」

百介に訊《き》かれて、幸左衛門はあらためて男に目をやった。三枝曾太郎は身をちぢめている。やつれた面には、仇討ちの敵捜しに費やした、一年や二年とは思えぬ苦難の歳月の痕跡がくっきりと刻まれていた。

「ふむ。お上に引き渡す前に、狼藉者めの言い分を聞いてやるか」

幸左衛門は口元を和らげた。

「へいへい。それではこやつも一緒に」

百介にうながされ、曾太郎は悄然《しょうぜん》とした面持ちで立ち上がる。幸左衛門、結寿、小源太も二人のあとへつづく。一行は、ゆすら庵の脇の路地へ曲がり込み、山桜桃《ゆすらうめ》の大木のある隠宅へ帰って行った。

二

「駆け落ちか……」

妻木《つまき》道三郎はつぶやいた。

稲荷《いなり》の祠《ほこら》へ向けた男の横顔を、結寿は盗み見る。

駆け落ち——という言葉を、どんな顔で口にしたのか。駆け落ちについての、道三郎の考えを知りたい。もしや目元口元に、思い詰めた色や決意の表情が表れてはいないか。

横顔はいつもと変わらなかった。

道三郎はお役目がら、ゆすら庵へしばしば立ち寄る。根気のよい嘆願が功を奏して、今では幸左衛門の弟子の一人にもなっていた。隠宅で顔を合わせることもある。それでも、なかなか二人きりにはなれない。

馬場丁稲荷にそろって参拝して、馬場を見渡せる柵まで並んで歩く。目下のところは、それが唯一、二人きりの逢瀬《おうせ》だった。ただし道三郎は年中お役目に追われているため、近頃はそれさえ途絶えがちである。

この日は久々の逢瀬……。

「二十余年も昔の話だそうです。三枝曾太郎さまとおっしゃるお人は、真相を知らされてから、なんと十五、六年も敵を捜しまわっておられたそうです」

「気の長い話だの。十五年もかかってようやく見つけたと思ったら、別人だった、か。さぞや落胆しておられよう」

「そうなのです。それで、今度は祖父のほうが同情してしまって……。三枝さまは引き留められるままに居候《いそうろう》となり、日夜、麻布界隈を捜しまわっておられます」

三枝家は曾祖父の代から甲府勤番《きんばん》をつとめているという。曾太郎は三男だった。家督は長兄が継いでいるというから、曾太郎はなんのしがらみもない身——といえば聞こえはいいが、要するに、部屋住《へやずみ》の肩身の狭い身の上が、仇討ちという思い切った行動に走らせたのだろう。

「母御をそそのかして逃げたという男は、麻布に潜んでおるのか」

「らしゅうございます。見かけた者がおりますそうで……」

「しかしそういう事情なら、偽名を使っておるのではないか」

「はい。皆もさように申しております。ご本人もそう思うていたのでしょうが、同姓同名と聞きちがえ、しかも怪しげな隠居だと聞き及んで、ついつい敵と思い込んでしまったようです」

「怪しげな隠居か……さもありなん。あ、いや、これは失敬」

「いいえ、ほんに怪しげにございます、あんなところで捕り方指南などしているのですもの。次々に強面《こわもて》の男たちが出入りする、かと思えば、元幇間《ほうかん》がいる、嫁き《い》遅れの娘がいる、その上、町方の妻木さままで……」

「そうか。やはり怪しい家だ」

二人は思わず噴き出している。

「それにしても幸左衛門と甲右衛門か、たしかにまぎらわしいのう」

「これもなにかの縁だと、お祖父さまは言うておりますす」

「縁はよいが、この先、厄介なことにならねばよいが」

道三郎は笑いをおさめた。

「厄介なこととは……」

「本物の溝口甲右衛門が見つかった場合だ。そやつは三枝曾太郎の母御と一緒におるのだぞ。母御としては辛《つら》かろう、棄てた息子が亭主の命を奪おうというのだから」

「ほんに、さようですね。いずれが勝っても泣くに泣けませぬ」

「駆け落ちはまわりの皆を苦しめる」

さらりと言われて、結寿ははっとした。

道三郎は、駆け落ちはいけない、とんでもないことだと思っているのだろうか。駆け落ちでしか結ばれない二人だとしても、断固、許されないと……。

——わたくしは妻木さまと駆け落ちしとうございます。

もしそう言ったら、道三郎はなんと答えるのか。

——わたくし、小山田家へ嫁がねばなりませぬ。祝言の日取りまで決まってしまいました。お断りできぬ、となれば、嫁がずに済む道はひとつしかありませぬ。駆け落ちをすることです。妻木さま、わたくしと駆け落ちをしていただけませぬか。

言いたい言葉が胸にあふれている。いったん堰《せき》を切ったら、止めどがなくなりそうだ。

「あのう、わたくし……」

言いかけたものの言えない。

「わたくし、八丁堀へうかがいとうございます」

「おう、そいつはよい。彦太郎《ひこたろう》も喜ぼう」

彦太郎は、寡夫《やもめ》の道三郎が男手ひとつで育てている男児である。

「彦太郎どのはお元気ですか」

「幸いなことに、親に似ず、学問によう励んでおる。結寿どのに会いたがっていた」

「わたくしもお会いしとうございます」

「さればこそ、ぜひともおいでになられよ。いつなりと迎えに参る」

「はい、必ず……」

結寿は、馬場を眺めていた目を道三郎へ向けようとした。道三郎が自分を見つめているのはわかっている。目を合わせ、そこにあるものを見極めたかったが……。

「では、お役目が、一段落なさいましたときに」

結局、目は合わせなかった。いついつとも言えない。

町方同心は年がら年中、忙しい。一段落などつきはしない。こんなことをしていればいたずらに月日だけが経《た》ってしまうとわかっていたが、やはり、自ら一歩を踏み出すのは怖かった。

いつもながら逢瀬は短い。二人は稲荷を出る。

結寿は歯がゆかった。道三郎はなぜ悠然としているのか。男なので、適齢期の娘が縁談から逃れられないという事情はぴんと来ないのかもしれない。それとも、事情を薄々感じているからこそ、結寿の心を乱さぬよう、当たり障りのない態度をとっているのか。

そう。駆け落ちをする気がないなら、二人の明日はなかった。すでにあきらめ、波風を立てまいとしているのだろう。

「所用があるゆえ稽古には行けぬ。ご隠居によろしゅう伝えてくれ」

狸穴町の辻まで来て、道三郎は足を止めた。

「いつもいつもご多忙なのですね。お祖父さまががっかりなさいましょう」

結寿の口調には我知らず、かすかな非難がこもっている。

「すまぬ。さればまた……」

「ごめんくださいまし」

辞儀をした。顔を上げても、道三郎はまだそのままの場所に佇《たたず》んでいる。

「結寿どの……」

「はい」

「……いや、なんでもない。次に参ったときはまた、小源太に知らせる」

「はい、稲荷でお待ちしております」

二人は一瞬、見つめ合った。

すぐに目を逸《そ》らせ、道三郎は狸穴坂を上ってゆく。

逢瀬の前よりなおいっそう深まった焦燥を抱えて、結寿はきびすを返した。

三

祝言の日は近づいている。

三枝曾太郎の敵はまだ見つからない。

そんなある日、竜土町《りゅうどちょう》の実家から女中がやって来た。歳《とし》は四十代の後半、体格がよく、えらの張った顔は厳《いか》めしい。結寿の継母で溝口家の現当主の後妻である絹代《きぬよ》が、嫁ぐ際に里から伴った女中の一人で、名をお浜《はま》という。

お浜は、使いに来たのではなかった。なんと、絹代から命じられて、結寿付きの女中として乗り込んできたのだ。

「婚家にて粗相がありましては溝口家の恥、これより不肖、わたくしめが、お旗本家のご新造さまとしての御心得をご教授つかまつりまする」

槍《やり》でも構えればぴったりの喧嘩腰《けんかごし》で挨拶をされて、結寿は仰天した。むろん、お浜とは顔見知りである。が、うるさ型のこの女は昔から好きではない。

「お継母《かあ》さまのご心配はようわかります。そなたの意気込みにも礼を言います。が、学ぶことがあれば、わたくしから実家へ出向きます。かように不便なところへ通うてもらわずとも……」

「通うのではございませぬ。これより共に住まい、御身のまわりのお世話をさせていただきます。奥さまはご婚家へもつき従うようにとの仰せ、小山田家もご了承下された由《よし》にございますれば、この浜、お嬢さまの御許《おんもと》にて骨を埋める覚悟で参上つかまつりました。幾久しゅう、御願い奉《たてまつ》りまする」

これだけのことを、お浜は背筋をしゃんと伸ばし、腹の底から響き渡るような声でよどみなく述べた。その気迫に圧倒されて、結寿も百介も目を瞬《しばたた》いている。

「どうしましょう百介……」

「どうしましょうと、あっしにおっしゃったって……」

困惑顔の二人とちがって、幸左衛門は遠慮がなかった。

「さような話は聞いとらん。帰れ」

言下に命じる。

だが、お浜は引き下がらなかった。

「文句がおありなら、ご本家のご当主さまに仰せくださいまし。わたくしはご当主さまのご意向に従わねばなりませぬ」

「ここは隠居の侘《わ》び住《ず》まいだ。おぬしには住めぬ」

「お嬢さまがお住みにございます。ただ今よりお嬢さまは我が主《あるじ》、たとえ火のなか水のなか、お嬢さまのお暮らしになられるところが、すなわち、わたくしの住まいにございます」

「ええい、勝手にせい」

「はい。勝手にいたします。それではお嬢さま、早速ながらお召し替えを」

お浜は、下僕に担がせ、四棹《さお》もの長持を運び込んでいた。そのうちの三棹は結寿の着物や化粧道具、礼儀作法の書物や茶道具など、花嫁修業のための品々である。

幸左衛門の隠宅は元農家で、広さだけはたっぷりあった。三枝曾太郎が目下、居候している部屋以外にも、空部屋がある。お浜の居場所や長持の置き場なら困りはしなかったが……。

これではますますがんじがらめになってしまうわ——。

お浜が二六時中、目を光らせているとなればどうだろう。道三郎との短い逢瀬さえままならない。ましてや八丁堀を訪ねることなどできようか。

それでも、目の前に障害が立ちはだかれば、かえって燃え上がるのが恋心である。結寿の眼裏《まなうら》には、今や「駆け落ち」の二文字がくっきりと浮かび上がっていた。

こうなったら、いっそ駆け落ちをしてしまおう。小山田家へ嫁ぐだけでも憂鬱なのに、この先、お浜と共に暮らしてゆくなどまっぴらである。道三郎に逢《あ》ったら、今度こそ、なんとしても思いの丈を打ち明けなければ……。

結寿はぎゅっと唇を嚙《か》みしめた。

お浜は、当たり前の顔で、隠宅に住み着いてしまった。

なにごとにも杓子定規《しゃくしじょうぎ》、融通の利かない女だが、働き者という点では文句のつけようがない。早朝から襷掛けで台所へ下り立ち、大家の女房や百介に指図をして、てきぱきと朝餉《あさげ》をつくる。溝口家には下女がいた。そんなことまではしていなかったはずなのに、郷にいれば郷に従えで、労を惜しむ気はさらさらないようだ。掃除だ水汲みだと顎で使われるのは小源太も同様で、辟易《へきえき》したのか、近頃は隠宅から足が遠のいている。

なんといっても、いちばんの災難は百介だった。下品な言葉を使うな、口数を減らせ、行儀が悪い……などと、しょっちゅう小言を言われている。一方の幸左衛門は、極力、お浜と顔を合わせないようにしていた。お浜のほうも、さすがに溝口家の前当主には遠慮があるのか、今のところ二人の間は平穏を保っている。

幸左衛門の隠宅には、もう一人、住人がいた。居候の三枝曾太郎である。

お浜ははじめ、うさんくさそうに曾太郎を眺めていた。

「嫁入り前の娘がいる家に、どこの馬の骨とも知れぬ男を居候させるとは言語道断」

竜土町へ出向いた際、絹代に言いつけ、当主から幸左衛門に意見してもらう気でいたらしい。ところが曾太郎から仇討ちの一件を聞かされるや、態度は一変した。

「おう、これこそ武士《さむらい》の鑑《かがみ》じゃ。今時めずらしきお武家さまにあられまする。ぜひとも、仇討ちを成し遂げてくだされや」

お浜は「駆け落ち」という言葉に憎悪をむき出しにした。忠義と貞節こそがお浜の信条である。駆け落ち者を成敗すると聞いただけで、我が事のように目をかがやかせた。

「できるかぎりのお力添えはさせていただきまする」

腹は減っていないか、着替えはあるか、草鞋の替えを買ってやろう――と、かいがいしく世話を焼く。

お浜の熱中ぶりを見るにつけ、結寿の不安は高まった。万が一、結寿が道三郎と駆け落ちでもしようものなら、お浜は鉢巻きに襷掛け、長槍を手に、二人を成敗にやって来るのではないか。悪いときに困った女が来たものである。


「へへ、やっぱしな」

蕾《つぼみ》をつけはじめた山桜桃の下で久々に顔を合わせた小源太は、結寿を見るなり忍び笑いをもらした。

「なに、やっぱしって……」

「あの婆《ばば》ァさ。姉ちゃん、げっそりしてるんじゃないかと思って」

「しッ。聞こえたら大目玉を食らいますよ」

「いいさ。ねえ、それよかあいつ、いつまでいるんだよォ」

「ずーっと……ですって」

　結寿はため息をつく。

「追い返しちゃえよ」

「お祖父さまでさえ追い返せないの。わたくしにはとても無理だわ」

「だったら、姉ちゃんが出て行けば」

　結寿がここ数日、思いあぐねていたことを、小源太はあっさり口にした。結寿は目をみはる。

「出て行くって……どこへ？」

「妻木の旦那んとこ」

　結寿はあわてて左右を見まわした。お浜の目と耳は、壁や障子があろうがなかろうが、常にこちらを向いていると考えたほうがいい。

「いいこと。余計なことは言わないで」

「余計なことじゃねえや。妻木の旦那だって頭を抱えてるんだから」

「頭を抱えてる……」

「うん。婆ァの話をしたんだ。なんで鬼婆が来たのかって聞かれたから、姉ちゃんがお嫁に行くんでそのために来たんだって教えてやったのさ。そうしたら、旦那は頭を抱えちゃってさ……そりゃもう悲しそうで、泣きそうな顔だったっけ」

では、結寿の代わりに、小源太が話してくれたのか。祝言が決まったことも、その日が刻々と近づいていることも……。

結寿は感極まって小源太を抱きしめた。

いきなり抱きしめられたので、小源太は驚きのあまり声も出せず、目を白黒させている。結寿の腕をもぎ離そうとしたのは、なにより照れくさかったからだろう。

「なんだよォ、おいら、子供じゃねェやい」

ぶっきらぼうに言いながらも、小源太はうれしそうな顔。

「小源太ちゃん、妻木さまがいらしたらきっと伝えてちょうだい。意に染まぬ縁談を押しつけられて泣いてるってこと。なんとか逃れたいと思ってるってことも……」

「合点承知。へへ、そう来なくちゃ」

「わたくしが妻木さまに逢いたがってるってことも」

昂《たかぶ》っていたので、神出鬼没の目と耳を忘れていた。

「妻木さまとは、どなたさまにございますか」

間近で声がして、結寿と小源太は飛び上がる。

「お嬢さま、かようなところで立ち話はなりませぬ」

お浜は小源太をにらみつけた。

結寿は小源太に目くばせをして、山桜桃の梢《こずえ》を見上げる。

「お浜、ごらんなさい。ほら、蕾をつけているでしょう。もう少しで一斉に花が咲くのです。空に浮かぶ雲のように、それはそれは見事なのですよ」

お浜はごまかされなかった。

「花など見ている暇はありませぬ。お嬢さま、お嬢さまはやりかけの縫い物を早く仕上げておしまいなされ。そうそう、ちょうどよい、小源太は薪割《まきわ》りを……」

「おっと、おいらは店へ戻らなきゃならねえんだ。父ちゃんの手伝いがあるから」

小源太は逃げ腰になる。そこで、あッと声をもらした。

「そうだッ。知らせることがあって来たんだった」

「なんですか、知らせることとは……」

異口同音に訊《たず》ねる。

「仇討ち。妻木さまが知らせてきた、溝口甲右衛門ってやつの居所さ」

えッと叫んで、結寿とお浜は目をみはった。

四

道三郎は溝口甲右衛門の居所を、結寿にだけ、知らせるつもりでいたらしい。曾太郎に知らせるか否かは、結寿の判断に任せようとしたのだろう。仇討ちを肯定するか、駆け落ちを許すか、暗に結寿の心を推し量ろうとしたのかもしれない。

ところが運の悪いことに、お浜がいた。お浜は仇討ちを熱望している。

「おうおう、これは吉報。早速、三枝さまにお知らせしなければ」

留める間はなかった。

敵の居所がわかったとなれば、仇討ちは必至だ。溝口甲右衛門が討たれるか、返り討ちもしくは相討ちとなって三枝曾太郎が果てるか。いずれにしても、甲右衛門と駆け落ちをした三枝の母は、地獄の苦しみを味わうことになる。

結寿にとっても、もはや他人事《ひとごと》ではなかった。それにもまして、結寿には気がかりなことがあった。

道三郎の思いだ。結寿が三枝に知らせた、となれば、駆け落ちを非難し、仇討ちを称賛していると思われるのではないか。逢って話せば分かり合えることも、離れていては曲解されやすい。

結寿の不安を余所《よそ》に、隠宅は俄然《がぜん》、熱気を帯びた。

三枝曾太郎は生気を取り戻し、再び意気軒昂《いきけんこう》となる。

「三枝さま。お母上を許して差し上げることはできませぬか。なんとか、思《おも》い留《とど》まってはいただけませんでしょうか」

結寿は曾太郎をかき口説いた。

曾太郎の決意は変わらなかった。

「これは、拙者が生涯をかけて為《な》すべき一事にござる」

「人を殺《あや》めるのですよ。母上さまを地獄へ落とすのですよ」

「悪を正すためにはやむを得ぬ。父の無念、我らが苦悶《くもん》の歳月を思えば……」

仇討ちの一件では、日頃はろくに口もきかない幸左衛門とお浜が、口をそろえて激励している。

「男子の本懐、立派に成し遂げよ」

「ご隠居さまの仰せのとおりじゃ。見事に討ち果たしてくださいまし」

となれば、結寿などの出る幕ではない。

三月も終わろうというその朝、三枝曾太郎は、幸左衛門以下、隠宅の家人の前で両手をついた。半月余の援助に礼を述べ、あらためて仇討ちの決行を告げる。

逃げられては元も子もないので、むろん、溝口甲右衛門には事の次第を知らせていなかった。百介はすでに未明から見張りについている。

溝口甲右衛門は、一本松坂とくらやみ坂の交わる先、大黒坂の南隣にある善福寺の門前町で下駄屋《げたや》を営んでいた。偽名は周吉。武士を棄てての下駄屋稼業だ、偽名は当然として、門前町のにぎわいのなかに店を出していたことが、かえって目くらましになっていたようである。しかも下駄屋は間口九尺、小体《こてい》ながらも、代々つづいている老舗だった。甲州から逃れて来た駆け落ち者の男女が、どういうつてで老舗の跡継ぎになったのか。

お浜が縫い上げた真新しい野袴に無銘の刀を落とし込み、鉢巻きに襷掛けという、ひと目で仇討ちとわかるいでたちで曾太郎は出立した。検視役を買って出た幸左衛門と、どういうつもりか、自らも鉢巻きに襷掛けのお浜、せめて曾太郎の母親の慰め役をつとめようとついて来た結寿、だれもが仇討ちで頭がいっぱいなのをいいことに勝手にまぎれ込んだ小源太……四人が、各々の思いを抱いてあとにつづく。

麻布十番の通りを下り、掘割に出て西へ行く。坂下町から大黒坂を上り、くらやみ坂と交わった三叉路《さんさろ》から、今度は南へ向かって一本松坂をさらに上る。

善福寺は平安時代に建立された真言宗の寺院で、広大な敷地にはいくつもの支寺が建ち並んでいた。門前町も往来の人が絶えない。鉢巻きに襷掛けの男女を囲む一行は、いやでも人目を引いた。なんだなんだと野次馬が集まって来る。

甲右衛門の下駄屋は、通りから一本裏手の路地にあった。聞いていたとおりのみすぼらしい店だが、「御下駄」という由緒ありげな看板が掲げられている。表通りにも客でにぎわう下駄屋があるところを見ると、新規の店に客を奪われて、昔ながらの店は閑古鳥が鳴いている、ということだろう。

それにしても寂《さび》れた店だった。客はいない。とっつきの板間で、老人が下駄をつくっている。目が悪いのか、背中を丸め、黙々と鉋《かんな》で底板を削っている姿からは、他人の妻女をそそのかして駆け落ちをした男とは思えない。

「おまえさんは周吉さんかえ」

お浜がまずしゃしゃり出て声をかけた。

「へい」とうなずいたものの、男は目も上げない。

お浜を押し退け、曾太郎は入り口に仁王立ちになった。

「捜したぞ、溝口甲右衛門ッ」

声がかすかにふるえている。

甲右衛門は曾太郎を見上げた。その顔に怯《おび》えの色はない。驚いている様子すらなかった。じいっと見つめ、ひとつうなずいただけで、その目はもう手元の底板に戻っている。

曾太郎のこめかみに青筋が浮き上がった。

「おれは三枝曾太郎だ。そう言えば、なにをしに来たか、わかるだろう」

甲右衛門はもう一度うなずいた。が、曾太郎を見もしなければ、手を休めもしなかった。

曾太郎は地団駄を踏んだ。

「父の敵ッ、尋常に勝負せよ」

敵だと、敵だって、仇討ちだとよ……路地の左右にざわめきが広がってゆく。高まる喧噪《けんそう》とは裏腹に、下駄屋の店先は奇妙に静まり返っていた。

「さァ、立てッ。立たぬか。刀がないなら貸してやる。表へ出て勝負せよ」

結寿の隣で、幸左衛門が腰に差した刀を鞘ごと引き抜く。いくら仇討ちとはいえ、丸腰の老人を一方的に成敗するのでは、曾太郎も気色が悪いのだろう。はじめから幸左衛門やお浜と段取りを決めていたにちがいない。

執拗に急《せ》き立てられて、甲右衛門は腰を上げた。荒い息をついている。それだけでもひどく苦しそうなのは、足か腰か、それとも両方を病んでいるのか。

曾太郎は目を泳がせた。敵が尋常に勝負のできない体であるとは、思ってもみなかったのだ。だからといって仇討ちを取りやめる気はなさそうだ。右手で刀の柄をつかんでいる。

曾太郎にすごまれ、甲右衛門はやっとのことで土間まで下りて来た。が、そのまま、膝をついてしまう。

「見てのとおりだ。勝負はできぬ。惜しむ命ではないゆえ、勝手に持ってゆけ」

さァ……と、今度は甲右衛門が急き立てた。

卑怯者《ひきようもの》ッ、動けぬ老人を斬るのか、周吉つぁんはいいやつだ、助けてやれ……などと、路上では野次馬がわめいている。

「お黙りッ」

「うるさい、静かにせんか」

お浜と幸左衛門が烏合《うごう》の衆をにらみつけた。百介と小源太も人払いをしてまわる。表の声が聞こえたのか、曾太郎は凍りついていた。今さら仇討ちを断念することも、といって、丸腰の老人を斬ることもできず、往生している。

今だわ——。

結寿は丹田《たんでん》に力を込めた。甲右衛門のそばへ駆け寄って、土間へ膝をつく。

「溝口甲右衛門さま。溝口さまはこのお方の母上さまと駆け落ちをなさったのですね。どうか、奥さまに会わせてくださいい」

甲右衛門は店の奥へ目を向けた。

「三枝さま。勝負はいつでもできます。まずは母上さまにお会いになられませ」

曾太郎は救われたような顔をした。引っ込みがつかず、どうしてよいかわからなくなっていたところだから、渡りに舟と思ったか。結寿に手招きされて、奥座敷へ足を踏み入れる。

曾太郎の母親がそこにいないことは、結寿にはもうわかっていた。いれば、とうに飛び出して来たはずだ。棄てた息子と駆け落ちをして一緒になった亭主の間に、命がけで割って入ったにちがいない。

ではなぜ、甲右衛門は奥を差し示したのか。そのわけも、結寿はもうわかっていた。

六畳ほどの座敷の半分は、下駄の材料で埋めつくされている。残りの半分にはたたんだ夜具と行灯《あんどん》、その横に木箱が置かれていた。木箱の上に位牌《いはい》がある。ふたつ並んだ位牌の横に四角くたたんだ布が敷かれ、その上にもうひとつ、真新しい位牌が置かれていた。位牌は木製のちゃちなものだが、燃え残りの線香が立ったままになっている茶碗と、皿にのせたあんころ餅が供えられている。

「三枝さま。お母上ですよ」

結寿にうながされ、曾太郎は位牌の前ににじり寄った。頭を垂れ、肩をふるわせる。

いつのまにか甲右衛門がやって来て、結寿の横に座った。「あれを……」と位牌の下に敷いている布を指さしたので、結寿は四角くたたんだ布を取り上げる。子供の着物を解《ほど》いてつくったもののようだ。広げると愛らしい狛犬《こまいぬ》と鈴の模様が見えた。

「妻は、時枝《ときえ》は、子供たちを置いてきてしまったのがなにより辛いと言って……。それは末の子の着物だそうで、朝晩、泣きながら拝んでいた」

末子と言われた瞬間、曾太郎は身をこわばらせた。その末の子こそ、曾太郎にちがいない。

「そもそも時枝が家を出たのは、姑《しゅうとめ》にいじめぬかれたからだ。我が子を抱くことも許されず、寂しがっている時枝を見てわしは……」

江戸へ逃げ、行き倒れ寸前になったところを下駄屋の夫婦に救われた。

「わずかな粥《かゆ》を分け合うような貧しい暮らしだったが、穏やかな日々だった。家族みなで下駄をつくり、季節が変わるたびに、連れだって寺社詣でをしたものだ。時枝は坂を歩くのが大好きだと言っていた」

甲右衛門はぼそぼそと小声で語る。これまでの人生で語ることのできなかったすべてを、今、語り尽くそうとしているようだ。

「五年前に舅《しゅうと》が死んだ。後を追うように姑が亡《の》うなった。血のつながらぬ二人だが、わしらは悲しゅうて悲しゅうて……。時枝が死んだのは昨年の秋だ。穏やかな最期だった。駆け落ちをしたことをよもや悔やんではいまいと思ったが、死んだとき、その着物をにぎりしめていた……」

着物は時枝の亡骸《なきがら》と共に荼毘《だび》に付したが、袖の部分を解いて残しておいたのだという。亡き妻に代わって、今度は自分が拝むためだ。

「毎日、詫びとったんじゃ。時枝の倅《せがれ》に斬られるなら本望だ」

甲右衛門は両手を合わせた。

曾太郎は気力が失せたようにうなだれている。

一瞬後、ひときわ大きな嗚咽《おえつ》が聞こえた。結寿は驚いて振り向く。板間と座敷の敷居際に膝をそろえ、背筋をぴんと伸ばしたまま、お浜が袖で顔を覆っていた。

五

茶の間の縁側から、満開の花をつけた山桜桃が見える。

蕾が一斉に開いた。まるで薄紅色の雲が浮かんでいるようで、その美しさはたとえようもない。花など見ている暇はないとにべもなかったお浜まで、今朝は何度も庭へ出て、大木を見上げている。

三枝曾太郎は仇討ちを断念した。郷里へ帰るというので、お浜はにぎり飯をつくったり、土産をととのえたりと世話を焼いている。すっかり情が移ってしまったのだろう。

「郷里に居づらくなったら、江戸へおいでなさいまし。旦那さま奥さまに頼んで、仕官の口を見つけて差し上げますよ」

仇討ちを果たしたなら大手を振って帰れる。が、断念したとなれば、居心地は決してよくないはずだ。

それでも、曾太郎の眸は明るかった。憑《つ》きものが落ちたようでもある。仇討ちを宣言して郷里を出た。それしか道はないと己が身を追い込み、敵を捜しまわって年月を過ごした。今にして思えば、狸穴町の辻で幸左衛門と刃を交えたとき、もう命を棄ててもよい、背負った重荷を下ろしたいと、曾太郎は自棄《やけ》になっていたのかもしれない。

「結寿どの。世話になりました」

噂《うわさ》をすれば影……曾太郎のことを思っていたら、当の曾太郎が別れの挨拶にやって来た。今宵《こよい》は駒込の知り合いの家に一泊して、明朝、甲州へ旅立つという。

「どうぞこちらへ。お急ぎでなければ、山桜桃を一緒にごらんいただけませぬか。ここからの眺めも美しゅうございますよ」

「急ぐ旅ではござらぬ。さすれば、遠慮のう……」

曾太郎も縁側へやって来た。少し離れてあぐらをかく。

「おう、これは見事」

息を呑《の》んで満開の大木を眺める。

「山桜桃は葉より先に花が咲くのです。しかも、ある日一斉に」

結寿は笑みを浮かべた。

「三枝さまのご出立に合わせて咲いたのですね」

「拙者にはなによりの餞《はなむけ》です。仇討ちも果たさず、すごすごと帰る身なれど、ふしぎに心は晴れやかで……。これで、よかったのでしょう」

「長いこと苦しんでこられたのですもの。これからは晴れやかに過ごされますように」

「そうありたいものです。しかし、親に棄てられる、というのは、なににも勝る苦しみでした」

曾太郎の眉がさっと翳《かげ》るのを見て、結寿は彦太郎を思った。

結寿が道三郎と駆け落ちをすればどうなるか。子供を連れては行かれない。彦太郎はまたもや、伯母の家へ預けられることになる。

それだけではなかった。町方同心は一代限りと定められている。が、世襲が実情だった。道三郎が結寿のためにお役を免ぜられれば、彦太郎の前途も閉ざされてしまう。そう。駆け落ちをするということは、まわりの人々を苦しめることだ。第二、第三の曾太郎を生み出すことである。

彦太郎に曾太郎の苦しみを味わわせてはならない。

道三郎は、はじめからわかっていたのではないか。駆け落ちなどできぬ、ということを……。だから結寿に、あえて縁談の有無を訊ねなかった。結寿の心をかき乱さぬよう、己の心をざわめかさぬよう、当たり障りのない話ばかりしていたのだろう。

哀《かな》しいけれど、これが現実――。

「ひとつ、うかがってもようございますか」

結寿は曾太郎に目を向けた。

「なんなりと」

「三枝さまは、お母上を許しておられるのでしょうか」

「許しています。と、言いたいが、正直なところ、ようわかりませぬ。そう簡単に許せるはずもなし……。母も、溝口甲右衛門も。ただ……」

「ただ？」

「あの二人は、拙者が手を下さなくても、天罰を受けたような気がします。それでいてまた、許されて、天恵を授かったようにも思えます。つまり、宿命《さだめ》のままに生きた、ということでしょう。だれでもそうですが……」

惚《ほ》れた者同士、手に手を取って逃げ延びた。ささやかながらも平穏に暮らした。が、反面、貧しさと戦い、病と死が次々に襲いかかった。たった一人残され、不自由な体になりながら、薄暗い店で黙々と下駄をつくっていた甲右衛門の人生が幸か不幸か、それはだれにもわからない。おそらく、甲右衛門自身にもわからぬのではないか。

「おかげで、少しだけですが、心が鎮まりました」

結寿は山桜桃に視線を戻した。

曾太郎がけげんな目を向けてくる。

「悩み事でもあるのですか。もしや縁談についてなにか……」

「いえ。そうではありませぬ。むろん、思うことはいろいろありますが……わたくしも、この木のように潔く、宿命に添うてみようと思えるようになりました」

一斉に咲き、一斉に散る。山桜桃に紅い実が生《な》る頃には、小山田家へ嫁いでいるはずである。

「そろそろお暇《いとま》いたします」

「道中、お気をつけて」

「結寿どのもお達者で」

二人は会釈を交わし合った。

茶の間を去り、いったん姿を消した曾太郎は、お浜と百介に送られて玄関から庭へ出て来た。門へ向かう途中、三人は申し合わせたように山桜桃の下で足を止め、花の雲を見上げる。

結寿は微苦笑を浮かべた。

駆け落ちの夢は、花の雲のように儚《はかな》い。

麻布狸穴町は春の盛り。裏庭では、捕り手指南の弟子たちを叱《しか》る幸左衛門の声が聞こえていた。

星の坂

一

山桜桃《ゆすらうめ》の枝にちらほらと実がつきはじめた。一斉に咲き誇る花とちがって、実は毎日少しずつ増えてゆく。まだ青くて硬いこの実が紅《あか》く色づく頃には……。

結寿《ゆず》は吐息をもらした。

以前は通りかかるたびに梢《こずえ》を見上げていた。ひとつふたつと指を折って数えるのも、色づき具合をたしかめるのも楽しみだった。なんの屈託もなく待ちわびていた日々がなつかしい。

大木の脇をすり抜け、玄関へ足を踏み入れたとたん、

「いずこへいらしたのですか」

と、険しい声が降ってきた。

お浜《はま》が仁王立ちになっている。旗本家へ嫁ぐことになった結寿の女中として実家から

送り込まれた女は、大柄で、いかつい顔をしていた。しかも口うるさい。

「そこの、稲荷《いなり》まで」

結寿は思わずあとずさりをした。

「おひとりで出かけてはなりませぬと、何度も申し上げました。お旗本家のご新造さまになられるお方が、まるで町娘のごとき軽々しきおふるまい、もしや先方の耳に入りでもしたら、どうなりますことやら」

「耳に入って、それでおいやだと仰せなら、わたくしはかまわないわ」

「まッ、なんということを……。さような面目なき仕儀になりますれば、ご両親がどれほどお嘆きになられるか」

「わかりました。以後、つつしみます。お浜、そこを通してちょうだい」

言い合ったところで時間の無駄である。結寿はあっさり引き下がった。まだなにか言いたそうなお浜を置き去りにして茶の間へ入る。

「とんだ災難で」

縁側で捕り方指南に使う捕り縄を編んでいた百介《ももすけ》が、くるりと目玉をまわした。

「お先真っ暗だわ」

結寿は大仰に顔をしかめた。

「こればかりはどうしようもございません」

「なにか大事が起こって、縁談が立ち消えになればいいのに」

「しッ。罰当たりなことは言いっこなし。お嬢さまとも思えません」

百介に言われて、結寿は首をすくめる。

百介の言うとおりだった。婚家の小山田《おやまだ》家も、花婿となる万之助《まんのすけ》も、結寿をぜひにと望んでいる。身分も歳《とし》も釣り合う良縁だとだれもが喜んでいた。その人々に不幸が降りかかるのを待ちわびるような言い方は、もってのほかである。

馬鹿なことを——。

自分で自分を叱《しか》りながら、それでもなお、破談を願わずにはいられない。結寿の眼裏《まなうら》には、妻木道三郎《つまきみちさぶろう》の面影が刻まれていた。

結寿の縁談は、道三郎の耳にも届いているはずだ。道三郎もあきらめているのだろう。結寿の心を惑わさぬよう、あえて遠ざかっていようと決めたのか。

馬場丁稲荷で立ち話をするのが二人のささやかな逢瀬《おうせ》だったのに、このところ道三郎は現れない。お役目もあってときおり立ち寄っていた口入屋《くちいれや》、隠宅の大家でもあるゆすら庵《あん》へも、近頃は顔を出さない。当然ながら幸左衛門《こうざえもん》の捕り方指南も、ここしばらく受けていなかった。

このままでは別れも言えず、顔も見られぬまま、嫁いでゆかなければならない。それを思うと、居ても立ってもいられない。

「ねえ、百介……」

お浜がやって来ないうちにと、結寿は百介にすり寄った。お願いが……と切り出そうとするや、「ごめんこうむります」と百介は切り返した。

「まだなにも言ってないわ」

「おっしゃらずともわかります。妻木の旦那に逢《あ》わせろってんでしょ。そいつばかりはご勘弁を」

「ほんのちょっと。ひと目だけでいいの」

稲荷へ呼び出してもらえないかと頼んだが、百介は首を横に振った。

「未練がつのって、かえってお辛《つろ》うなりましょう」

「逢わずじまいではもっと未練がつのるわ。ね、このとおり」

結寿は両手を合わせる。

「あっしが呼びに参ったところで、おいでにはなりますまい」

「だったら、こちらから八丁堀まで逢いに行きます」

百介はぎょっと目をむいた。

「とんでもない。お浜さんが目を光らせておりますよ」

「だから、おまえに頼んでいるんじゃないの」

ひとりで出かければ大騒ぎになる。百介と一緒なら、お浜の目をごまかせるかもしれない。

「このままでは、わたくしは思い悩んで、やつれ果てて、きっと死んでしまうわ。百介だって、わたくしを死なせたくはないでしょう」

「そ、そりゃまあ……」

「ひと目逢って、お別れを言って、そうしたらきっぱり忘れます。おまえに迷惑はかけないわ。約束します」

たしかに縁談が決まってからの結寿は、食が進まず、不眠に悩まされていた。顔色がよくない。いつもぼんやりしている。

にわかに不安になってきたのか、百介はしぶしぶながらうなずいた。

「しかし困りました。先方の都合を問い合わせている暇はございませんよ」

ここは幸左衛門の隠宅である。結寿の実家は竜土町《りゅうどちょう》の、御先手組《おさきてぐみ》組屋敷の一画にあった。婚礼の花嫁行列は竜土町の屋敷から小山田家へ向かう。諸々の仕度があるので、結寿とお浜は二、三日中にも竜土町へ帰ることになっていた。

「問い合わせなど無用です。とにかく訪ねてみましょう」

はじめからそのつもりだった。結寿が逢いに来るとわかれば、道三郎はどこかへ逃げ出してしまうかもしれない。いずれにしても、隠密同心の居所を突き止めるのは容易ではなかった。勤務中の昼間を避け、夕刻、八丁堀の組屋敷を訪ねる。もしいなければ、そのときはすっぱりあきらめるしかない。機会は一回こっきり。逢えるか逢えないか、それは天が決めてくれるはずである。

「わたくしとて武家の娘、覚悟はできています」

「ではあっしも、お嬢さまを信じることにいたしますよ」

「うれしいッ。百介、恩に着るわ」

二人は目を合わせた。

百介は再び捕り縄づくりに取りかかる。

道三郎に逢いに行くための口実を考え出そうと、結寿は頭をひねった。

二

墓参にゆく、弓削田宗仙《ゆげたそうせん》の家へ挨拶に赴く、日本橋で買い物をする……あれこれ考えあぐねていた結寿だったが、幸いなことに、口実は不要になった。結寿の帰宅に先立ち、ひと足先に、お浜が竜土町の実家へ呼び戻されたためである。継母の絹代《きぬよ》と細々した打ち合わせをするのだとか。

となれば、好機到来。

「百介ッ」

「合点承知」

百介は弓削田宗仙を呼んできた。俳諧師で絵師でもある宗仙老人は暇を持て余している。幸左衛門と碁を打ちはじめれば時間などあってなきがごとし。ひと声かければ、囲碁に目のない大家の傳蔵《でんぞう》も飛んで来る。二人の対戦に傳蔵が茶々を入れ、時には一戦交替したりして、延々と勝負はつづく。そうなれば、しめたものだった。

結寿はお気に入りの小袖に着替えた。はじめて狸穴《まみあな》坂で道三郎と出会ったとき着ていた、納戸色《なんどいろ》の結城縮《ゆうきちぢみ》に黒繻子《くろじゅす》の帯である。あのときは新春だった。同じ着物を四月朔日《ついたち》の更衣《ころもがえ》に綿を抜き、袷《あわせ》に縫い直している。

結寿と百介はゆすら庵へ立ち寄り、傳蔵に声をかけた。女房のていにあとを頼む。帰りが遅くなった場合の用心である。

店には娘のもとと倅《せがれ》の小源太《こげんた》がいた。

「もとちゃん、お祖父《じい》さまをよろしくね」

通りすがりに声をかけると、「はい」と返事が返ってきた。

「ご隠居さまからも頼むぞと言われました」

結寿が嫁いだあとは、もとが幸左衛門の世話をすることになっている。といっても、幸左衛門には百介がいるから、もとが一人であたふたすることはなさそうだ。

小源太は鼻を鳴らした。

「へん。威張り屋の気むずかし屋の偏屈爺《じじい》に、もと姉ちゃん、手を焼くぜ」

しょっちゅう叱られてばかりいるので、腕白坊主は幸左衛門が大の苦手である。

「小源太ちゃん、口は災いの元、ですよ」

結寿はたしなめた。

小源太はプイとそっぽを向く。

小源太の機嫌が悪いのは、結寿が道三郎と別れて、小山田家へ嫁ぐことになったためだった。小源太は道三郎を敬慕している。大好きな二人が結ばれないという現実に、小さな胸を痛めているのだろう。町人の小倅には武家社会の煩雑なしきたりはわからない。

ぐずぐずしている暇はなかった。結寿と百介は店を出る。辻《つじ》を通り、狸穴坂へ上ろうとすると、うしろから小源太が駆けて来た。

「どうしたの」

息を切らせ、両足を踏ん張り、拳を握りしめて結寿を見上げている。

「小源太ちゃん……」

「姉ちゃん、帰って来るな」

「え？」

「妻木の旦那のとこへ行くんだろ。だったら、帰って来るな」

切実な目の色に、結寿は胸を衝《つ》かれた。

「小源太ちゃん、わたくしは……」

結寿が言う前に、小源太はくるりと背を向け、駆け出してしまった。

遠ざかる背中を見送りながら、結寿はため息をつく。

「小源太ちゃんの言うとおりだわ。帰らなくてよいならどんなに幸せか」

結寿、道三郎、道三郎の息子の彦太郎《ひこたろう》、三人でつましくも満ち足りた日々を送る。夢のような光景がまぶたをよぎった。

「お嬢さま……」

百介は案じ顔である。

「心配は無用です。わたくしは自分の立場を心得ています」

結寿は先に立って坂を上りはじめた。

この坂で道三郎と出会った頃は、まだ愛らしいだけのお嬢さまだった。が、今はちがう。実家を出て町家で暮らし、様々な人々と出会った。町方同心と懇意になったおかげで、数々の事件にも遭遇した。巻き込まれて心身に傷を負ったこともある。心中や駆け落ちや、無謀な恋の暴走が、どれほどまわりの人間を苦しめるか。そのことも、今はよくわかっていた。大人になったということだろう。

結寿の思いが伝わったのか、日頃はお調子者の百介も、足下を見つめたまま黙々と坂を上る。

上りきったところは飯倉片町の大通りである。通りを渡れば上杉家の広大な屋敷で、婚家となる小山田家はその先にある。

渡らずに右手へ折れた。小山田家の前は通れない。榎《えのき》坂から葵《あおい》坂、土橋を渡り、出雲町、尾張町、銀座町とつづく大通りを抜け、京橋と弾正《だんじょう》橋を渡れば、町方の組屋敷が連なる八丁堀に出る。

これが唯一の、そして最後の機会だった。

どうか、逢えますように――。

いやが上にも胸が昂《たかぶ》っている。

「少々早うございますが……」

「彦太郎どのがいるかもしれませぬ。行ってみましょう」

似たような家々が建ち並ぶ組屋敷である。よほど精通していなければ探しづらい。

「これでは迷いそうですね」

「そういうときは付き馬から伝授された秘策がございます」

付き馬とは、遊里にはなくてはならぬ役目で、すっからかんになった客を家まで送り届けて代金を徴収する者のことをいう。ややこしい路地へ入り込むとき、付き馬は随所に塩を撒《ま》いておく。塩なら夜道でも見えるからだ。

「あっしもここに……と申しましても、この百介、一度うかがったお宅は忘れません」

そこは幇間《ほうかん》をしていた百介、家探しは得意中の得意だった。

「このお宅でございます」

ありふれた家の木戸門の前で足を止める。

午後の早い時刻で、あたりはひっそりしていた。

「あっしがお訪ねして参ります。お嬢さまはこちらでお待ちを」

「いいえ、わたくしも行きます」

主従はそろって玄関へ向かう。

百介が訪《おとな》うと「はーい、ただいま」と女の声が返ってきた。男寡夫《おとこやもめ》の家に女がいるとは思いもよらない。二人は顔を見合わせた。

「以前、参りましたときは老僕でしたが……」

百介は首をかしげている。

応対に出て来たのは、二十代の半ばと見える女だった。掃除でもしていたのか、木綿小袖に襷掛《たすきが》け、髪は小ぶりの島田に結っている。女中にしては、襷を外して丁重に辞儀をした仕草に品があった。とはいえ、

「旦那さまはお出かけでございます」

という受け答えは、やはり使用人か。どなたですか、と訊《き》くわけにもいかない。

「夕刻にはお戻りになられましょうか」

宿直《とのい》以外に武士《さむらい》が外泊をすることはあり得ないが、隠密同心となれば、夜を徹して探索をすることもある。

「さあ、わたくしにはわかりかねます」

どちらさまですかと聞き返されて、百介は結寿の素性を簡単に述べた。女の表情がこわばったように見えたのは、結寿の思い過ごしか。

「それでは、彦太郎どのにお取り次ぎ願えませぬか」

「坊ちゃまは剣術のお稽古にお出かけです」

「いずこの道場ですか」

「堀内要齋《ようさい》先生のところでございます。道場、というほどではありませぬが……」

八丁堀の組屋敷には、敷地の片隅に家を建て、医者や学者、絵師などに貸して収入の足しにしている者がいた。堀内要齋も組屋敷内に住んでいるという。

女の話し方は丁寧で、声もまろやかだった。色白中高の顔が少しばかり取り澄まして見えるものの、楚々《そそ》とした美人にはちがいない。だが、結寿は女の態度に、どことなくよそよそしさを感じた。

——お上がりになってお待ちください。

そう勧められるのを期待していたせいかもしれない。

取りつく島がないので、主従は礼を述べて妻木家をあとにした。

「あのお人は何者でしょう」

「遠縁の娘が手伝いに駆り出された、といったとこじゃござんせんかね」

「もう娘には見えませぬよ」

「いずれにせよ、お子がおられるのです、女手がほしいときもございましょう」

詮索するのはばかげている。嫁いでゆく自分が今さら嫉妬したところで、どうなるものでもなかった。わかっていても気にかかる。

堀内要斎の稽古場はすぐにわかった。子供たちの声が路地まで聞こえている。

「これなら塩は要りませんね」

結寿は忍び笑いをもらした。

要斎はかつて中西派一刀流の遣い手だったが、怪我《けが》をして一線を退き、今は組屋敷の知人の敷地内に小さな稽古場を建てて、近所の子供たちに剣術指南をしているという。学問好きの彦太郎も、父の跡を継いで町方同心になる以上、剣術の鍛錬はおろそかにできない。

「終わるまで待ちましょう」

稽古のじゃまをしないよう門前で待っていると、気配を察したのか、五十がらみの女が呼びにきた。遠慮する主従を母屋の茶の間へ通して、麦湯を勧める。

「さようですか、彦太郎どのに会いにいらしたのですか」

道三郎の知り合いだとわかると、町方同心の妻女は身内のような顔になった。

「妻木さまは子供の頃から腕白でしてねえ、ほほほ、ご両親も手を焼いておられました。ここへもよう遊びにみえて……」

表向きは一代限りと決まっているが、町方の与力や同心の大半は世襲である。代々同じ組屋敷に住んでいるから、近所同士、なんでも知っている。

「ほんにご立派になられました。うちの主人は例繰方《れいくりかた》ですが、妻木さまはそれは熱心なお仕事ぶりとか、お若いのにずいぶんお手柄も立てられましたそうで……」

広くもない家なので、稽古場の様子が手に取るようにわかる。要斎は一人ずつ手合わせをしてやっていた。

「彦太郎どのが戻られてようございました。姉さまのところへ預けられていたときは、妻木さまもお寂しそうで、こちらもお顔を見るのが辛うございました。それにしましても、光恵《みつえ》さまが生きておられましたらねえ」

光恵さまとは、道三郎の病死した妻女の名前だという。

あら……と、結寿はわざとけげんな顔をしてみせた。

「先ほど妻木さまのお宅を訪ねました。わたくし、てっきり、こちらをお教えくださった女性《にょしょう》がご妻女だと思うておりましたわ」

百介は驚いて目を瞬《しばたた》いている。

妻女はうなずいた。

「それは勝代《かつよ》さまでしょう。いいえ、あのお方は、まだご妻女ではありませぬ。たしかそう、又従妹《またいとこ》さまだそうですよ。妻木さまの姉さまが、弟の後妻にと送り込んだのです。早《はよ》うお奉行さまに許可を願うようにとうるさく言われているそうで、妻木さまは頭を抱えておられました」

道三郎は再婚を望んでいないというが、彦太郎の養育もある。姉が再婚相手にと選んだ女が乗り込んできたとあっては、いつまで拒めようか。

妻女によると、勝代も再婚だという。初婚同士であれば家と家の間で縁組みは決まる。双方が再婚なのでもたついている。もっとも勝代のほうは、昔から又従兄に思いを寄せていたらしい。玄関先で警戒の色を浮かべたのは、恋する女の直感で、結寿の胸中の思いに気づいたせいかもしれない。

道三郎の姉のお墨付きをもらい、家へ押しかけて来たのだ。となれば許婚《いいなずけ》のようなものではないか。自分の出る幕ではないだけに、胸がきりきり痛む。訊いておきながら、訊かなければよかったと結寿は悔やんだ。

「終わったようですよ」

妻女にうながされて、主従は井戸端へ出た。

彦太郎は顔を洗っていた。諸肌脱ぎになった背中が、しばらく会わないうちにひとま

わり大きくなったように見える。だが、

「あ、結寿どの。百介も……」

はにかんだ笑顔は、まだ年相応の子供だった。

「どうしたのですか、こんなところへ」

「お父さまをお訪ねしたのです。お留守でしたので、彦太郎どのの居所を教えていただきました」

「勝代小母《おば》さまか……」

彦太郎は眉をひそめた。子供は正直だ。勝代を歓迎してはいないらしい。とはいえ町人の倅の小源太とちがって、彦太郎は厳しく躾《しつ》けられていた。それ以上、余計なことは言わない。

「わざわざ遠いところを、父に会いに来てくださったのですか」

「ええ。近々実家へ帰ることになったものですから、お別れが言いたくて」

「帰るって……竜土町へ？」

彦太郎は目をみはった。結寿が嫁ぐ話は聞いていないようだ。

「狸穴へ行っても、もう結寿どのには会えぬのですか」

「わたくしがいなくてもいらしてくださいね。お祖父さまが首を長くして待っておりますから」

「でも結寿さまはいないのですね。父が……がっかりします」
「お逢いできなくて、わたくしも心残りです。彦太郎どのから、わたくしがお別れに来たこと、お父さまに伝えてくださいまし」

逢えますようにと祈りながら歩いて来た。答えは否だった。悲しいけれど、これも天運とあきらめるしかない。勝代という女がいると知れば、なおのこと、道三郎の心を惑わせるわけにはいかなかった。

「彦太郎どの。お父さまのような立派なお武士《さむらい》になってくださいね」

はいッとうなずいたものの、彦太郎はなにやら思案している。

「仕度をしてきます。門のところで、待っていてもらえませぬか」
「もちろん、いいですとも」

妻木家へ戻って勝代と顔を合わせる気にはなれないが、彦太郎を送りがてら道々話をするのは願ってもなかった。

「お会いするたびに大人になられます」
「お父さまのおそばにいるせいでしょう、潑剌《はつらつ》として、はじめてお会いした頃とは見ちがえるようですね」

主従は門前で彦太郎を待つ。

もし彦太郎がいなければどうなっていたか。駆け落ちまではともかく、結寿と道三郎は烈《はげ》しい恋に身を焦がし、にっちもさっちもいかなくなっていたかもしれない。吉と出るか凶と出るか。いずれにしても、苦悶《くもん》は今の比ではなかったはず。良くも悪くも、彦太郎は二人を現状に引き留める舫《もや》い綱《づな》だった。

「お待たせしました」

木綿の袷と袴《はかま》に着替えて、彦太郎は駆けて来た。

結寿は目を細める。愛らしいとばかり思っていた男児が今は頼もしく見えた。これからも道三郎のそばには彦太郎がいる。自分たちの恋は実らなくとも、代わりに彦太郎が日々たくましく成長してゆく。それを思えば、別れの悲しみも多少は癒《いや》された。

彦太郎と並んで歩く。

「ご隠居さまはどうしておられますか」

「相変わらず弟子を叱り飛ばしていますよ」

彦太郎は笑った。

「行きたいなあ、ゆすら庵へ」

気がつくと、妻木家とは反対の方角へ向かっている。

「どこへ行くのですか」

「父のところです」

結寿は棒立ちになった。

「お父さまの居所を知っているのですか」

「知らないことになっています」

彦太郎は真顔で答える。

「父はここ数日、本願寺橋のたもとで辻占いをしています」

えッと、結寿は驚きの声をもらした。あとの言葉がつづかない。

「立ち聞きをするつもりはなかったのですが、話しているのを聞いてしまいました。こっそり見に行ったのです。昨日も、一昨日も」

隠密廻《まわ》りの同心は見張りや尾行のために扮装《ふんそう》をする。それは結寿も承知していた。煙草《たばこ》売りや植木屋に化けた道三郎を、実際、目にしたこともある。思えば驚く話ではなかった。彦太郎もそろそろ父の役目がわかる歳になり、興味津々、遠くから眺めていたのだろう。

それにしても辻占いとは――。

道三郎はなにを見張っているのか。

「よくぞ教えてくれました。彦太郎どの、参りましょう」

「お嬢さまッ。さようなところへ押しかけるのは……」

百介が抗議の声を上げた。が、結寿はもう歩き出している。

「お客のふりをして、ひと言、お別れを申し上げるだけです。いやなら先にお帰り」

「とんでもないことで」

百介もしぶしぶあとに従った。

三

西本願寺は築地にある。八丁堀からは、往路に渡った弾正橋まで戻り、弾正橋、白魚橋、真福寺橋さらに合引橋《あいびき》を渡って南東へ歩く。武家屋敷の間を縫って行けば西本願寺の裏門に出る。本願寺橋は広大な寺の表門の近くにあり、橋を渡った向こう側は、整然としたこちら側とは反対に小田原町や柳原町のごみごみした町がつづいていた。

「ほら、あそこ」

彦太郎が指さしたのは町家側のたもとだ。さほど長い橋ではない。渡り切らなくても見える。

町家側のたもとの向かって右手に、髪結床と笠屋《かさや》の小屋が並んでいた。そのかたわらにひときわ小さい葭簀掛《よしずが》けの小屋がある。内側を白木綿で張りめぐらし、床几《しょうぎ》と台を置いた小屋だ。台には筮竹《ぜいちく》を入れた筒が、床几には、深編笠をかぶって古紋付の羽織を着た男が座っていた。由緒ありげな浪人、といった風体である。

たしかにここなら、橋を渡る人を見張るにはもってこいだ。

「まあ……」

と言ったきり、結寿は絶句した。こんなときに不謹慎ではあったが、道三郎が辻占いとはおかしくて腹がよじれそうだ。いったいどんな顔で、でたらめの占いをしようというのか。

「占《うらの》うてもらいましょう」

結寿は眸《ひとみ》を躍らせた。

百介が口を挟む。

「おじゃまをするのはいかがなものかと……」

「考えてもごらん、お客がいなければ、かえって偽者だとばれてしまいますよ」

結寿は彦太郎に目を向けた。

「大丈夫。彦太郎どのに連れて来てもらったとは言いませぬ」

隠れておいでなさいと言うと、彦太郎はうなずいて、辻占いの小屋とは反対側、橋のたもとの向かって左の支柱の陰に身を寄せた。後ろは掘割で足場は悪いが、そこなら、よほどでなければ通行人にも気づかれない。

結寿は辻占いの小屋へ歩み寄った。少し離れて、百介もあとへつづく。深編笠の男の目の前へ立ち、結寿はすっと手のひらを出した。

「教えてください。どうしたら宿命《さだめ》を変えられましょうか」

道三郎は、結寿の手首をつかんで引き寄せた。

「それは無理にござる。だが、あなたはよき手相をしておられる。宿命に逆らわず、日々大切に過ごさば、必ずや幸せになられましょう」

驚くふうもなく言ったところをみると、とうに気づいていたのか。彦太郎は毎日こっそり眺めていたと言ったが、それも見抜かれていたのかもしれない。

道三郎はまだ結寿の手を握っていた。結寿も引っ込める気にはならない。

「妻木さま……」

切ない吐息をもらしたときだった。

道三郎の手が離れた。と、思うや、勢いよく立ち上がる。筮竹を入れた筒が倒れたことさえとんじゃくしない。

次の瞬間、道三郎は路上へ躍り出ていた。結寿の後ろを通って橋を渡ろうとした女の前に立ちふさがる。女は向きを変え、逃げ出そうとした。道三郎はすかさず女の腕をつかむ。

「なにするんだいッ。放しとくれ」

女は振り払おうともがいた。

「いいから来い」

道三郎は引き立てようとする。

「放せッ。放せってば、放しやがれッ」

三十代の後半か。華奢《きゃしゃ》な体つきの、地味な風体の女だった。化粧っけはなく髪は丸髷《まるまげ》、ありふれためくら縞《じま》の木綿に黒繻子の帯を締めている。小商いか職人の女房に見える女は、人混みにまぎれたら、探し出すのは厄介だろう。

それでは、道三郎は、この女が現れるのを待っていたのか。

腕を引きずられて囲いの中へ入るや、女は抵抗をやめた。かたわらで息を呑《の》んでいる結寿や百介を見て、フンと鼻を鳴らす。なにごとかと目を留めた通行人も、なんだ痴話喧嘩《げんか》か、というように離れていった。夕方のこの時刻は、だれもが忙しい。

「あたしになんの用があるってのさ」

ふてぶてしく道三郎の顔を見返した女は、最初の見かけとは一変して狡猾《こうかつ》でしたたかに見えた。堅気でないことは結寿にもわかる。

「あたしをどうしようってんだい」

女は開き直ったように訊《たず》ねた。そのくせ、妙に落ち着き払っている。

「番所へ連れて行く。こちらの訊くことに答えれば、おまえの刑が軽くなるよう進言してやろう」

「いいともさ」

女は道の向こうの、橋のたもとの支柱に目をやった。

その視線を追いかけて、道三郎と結寿、百介は凍りつく。

支柱の陰に彦太郎がいた。一人ではない。浪人者らしき大男が二人、彦太郎を挟み込むような形で立っていた。よく見ると当て身でも食らわされたのか、彦太郎はぐったりとして目を閉じている。その体を一人が背後から抱きかかえ、もう一人がその前に立ちはだかって、通行人の目から隠そうとしていた。

男がその気になれば、一瞬にして彦太郎を掘割へ突き落とすことができる。意識を失った子供が掘割へ投げ込まれれば、助け上げられる前に死んでしまう公算が高い。

道三郎は蒼白《そうはく》になった。

「おまえのことはとうにお見通しさ。どうするんだい。あたしを引っ立てるか、倅を溺れ死にさせるか」

道三郎は呻《うめ》いた。息子を見殺しにはできない。が、言いなりになるのも剣呑《けんのん》だった。女を放したとして、男たちが行きがけの駄賃で彦三郎を突き落とすこともあり得る。

「子供を放せ。さすれば今度ばかりは見逃してやる」

「その手には乗るもんか。おまえこそ、手を離しな。そうすれば子供は助けてやるよ」

「先に子供を放してからだ」

「あたしを放すのが先だろ」

これではどうにもならない。

「でしたら、あっしが……」

「いいえ。わたくしが行きます」

言いかけた百介を押しのけて、結寿が進み出た。男たちから彦太郎を取り戻し、手を添えてこちらへ戻る。同時に道三郎も女を解き放つ。それなら双方が、互いの様子を見守りながら事を為《な》せる。

「結寿どのに危ないまねはさせられぬ」

「断じてそのようなことは……」

道三郎と百介は難色を示したものの、あれこれ言っているときではなかった。

「彦太郎どのが溺れてもよいのですかッ」

自分でも驚くほどの剣幕で言い放って、結寿は小走りに駆け出した。

「その子をこちらへ。捕らわれた女も解き放ちます。さ、早う……」

男たちのそばまで行き、両手を差し伸べる。まだ朦朧《もうろう》とした顔ながら、彦太郎の意識も戻っていた。結寿の名を呼ぼうとして口をふさがれ、目を瞬いている。

手前に立ちはだかった男が、小屋の中にいる女に目をやった。合図を交わし、片手をふところへ突っ込む。つかんだのは匕首《あいくち》の柄《つか》か。約束をたがえたら容赦はしないぞ、という脅しだろう。

「放してやれ」

手前の男が彦太郎を抱えている男に命じた。

男は手を離した。彦太郎がよろめくように結寿の腕のなかへ飛び込んできた。結寿はぎゅっと抱きしめる。なにか言おうとする彦太郎に「黙って」とささやき、抱きかかえたまま体の向きを変えた。

これでもう、彦太郎が掘割へ突き落とされる心配はない。事が上手《うま》くゆかず、背後から匕首が襲ってきた場合、真っ先にその餌食《えじき》になるのは結寿である。そうであるよう、結寿は彦太郎を前方へ押し出した。少なくとも彦太郎だけは、我が身に代えても守る覚悟である。

恐ろしいとは思わなかった。今、結寿の頭にあるのは、彦太郎を無事に道三郎のもとへ返すこと、それだけだ。そうでなければ、辛《つら》い思いをして他家へ嫁ぐと決めた甲斐《かい》がない……。

彦太郎が結寿に託されたのを見て、道三郎も女を解放した。

「へん、覚えてやがれ」

女は一目散に駆け出す。それを見て男二人も女のあとを追いかけた。結寿と彦太郎は辻占いの小屋へ駆け込む。

「かたじけない」

道三郎は二人をかき抱いた。が、次の瞬間、女の駆け去った方角を燃えたぎるような目でにらむ。辻占いに化けて、女が現れるのを何日も待った。ようやく捕らえたと思ったら、逃がさざるを得ない羽目に陥ってしまった。思わぬしくじりに、悔やんでも悔やみきれぬといった形相である。

「盗賊の一味だ。あやつは頭領の女……」

「ここはもう大丈夫です。早うあとをッ」

「今さら追いつくものか」

「いいから早うッ。百介がひとりで往生しておりましょう」

「百介？」

「はい。百介は塩を持っております。さァ早う」

結寿は、百介が女のあとを追いかけて行くのを見ていた。結寿の言う意味がわかったのか、道三郎もすさまじい勢いで飛び出して行く。

「塩って、なんのこと？」

正気に戻った彦太郎が、ふしぎそうな顔で訊ねた。

「道しるべです。百介が道に撒いた塩を辿《たど》れば、お父さまは百介に行き着きます。二人してあの三人を捕らえるか、いえ、一足飛びに盗賊の隠れ処《かくが》を見つけ出せるやもしれませぬ」

「すごいなあ。それも、ご隠居さまの指南なのですか」

「これは遊里……いえ、百介が編み出した尾行術ですよ」

結寿は微笑《ほほえ》む。

事件はまだ落着したわけではなかった。が、小者《こもの》とはいえ火盗改《かとうあらためかた》方捕り方指南の直弟子と手練《てだ》れの隠密廻り、二人が共に力を出し合って追い詰めている。盗賊一味が遠からずお縄になることを、結寿はみじんも疑わなかった。

四

闇の底にちらほらと火影が見える。狸穴坂のてっぺんから見下ろす下界は、眠りに就くにはまだ少々早い時刻だった。

とはいえ、夜分に急な坂を上り下りする者はめったにいない。坂の上でゆらぐ火影はひとつきりだ。提灯《ちょうちん》を掲げる道三郎のかたわらに、結寿はぴたりと寄りそっている。

「この坂でしたね、妻木さまとお会いしたのは……」

なつかしさがこみ上げて、結寿は吐息をもらした。

「さよう。あれからというもの、この坂を下るのがいちばんの楽しみになった。下りきればゆすら庵、結寿どのがいる。反対に、上るときは歩みも遅うての」

道三郎もため息をつく。

「もう、こうして、ご一緒に坂を歩くことはありますまいね」

「それゆえ百介も気を利かせたのだろう」

「お送りいただいて、うれしゅうございます」

長い一日だった。

忘れがたい一日でもあった。

百介と道三郎が盗賊一味の女を追いかけて行ったあと、結寿と彦太郎は主《あるじ》のいない辻占いの小屋で二人が戻るのを待った。陽《ひ》が落ち、あたりが暗くなっても、二人は帰って来なかった。

「大丈夫かなあ」

「大丈夫ですとも」

励まし合いながら、どちらも、先に帰ろうとは言わない。百介や道三郎の無事な顔を見なければ帰れなかった。

二人が戻って来たのは、日没後である。

「すまんのう、かようなことになるとは思わなんだわ」

「それがなんと大立ちまわりで……」

「腹が減ったろう。まずは腹ごしらえだ」

通りの向こう、さっき盗賊の一味がいたあたりに、蕎麦《そば》の屋台が出ていた。実を言えば結寿も彦太郎も腹が空《す》いていたのだが、武家娘と武家の小倅は屋台で物を食べるなど考えたこともなかったので、ただ怨《うら》めしげに眺めていたのである。

道三郎が「屋台の蕎麦」と言ったとき、結寿も彦太郎も歓喜の表情を浮かべた。腹を満たす喜びはむろん、この機を逃したら、屋台の蕎麦など一生、食べられないかもしれない。

「ご隠居さまやご実家の皆さまに知れたら、どうなりますことやら」

百介は困惑顔だった。が、それでも空腹には勝てなかった。美味《うま》そうな匂いに、四人は小躍りしながら屋台へ向かう。

「こんなに美味しいものがあるなんて」

「お嬢さまがかようなところでかようなものを召し上がるとは……」

「かようなところゆえ、美味しいのです。ねえ、彦太郎どの」

「はいッ。父上、また食べに連れてきてください」

百介と道三郎の帰りが遅くなったのは、尾行途中で女に気づかれたからだという。盗賊の隠れ処を突き止めたら、あとは助っ人を呼んで見張らせるつもりでいた。人数を集め、準備を整えた上で、機を見て踏み込む。

小田原町や柳原町、さほど広くはないが武家屋敷町などがあるこの一郭は、東を大川(隅田川)、残る三方を掘割に囲まれて島のようになっていた。盗賊がこのなかに逃げ込んだことはわかっている。虱潰《しらみつぶ》しに探したが見つからない。だが、たとえ町家か武家に匿《かくま》われているにせよ、十人近い賊がずっとこの界隈《かいわい》だけにこもっているとは思えなかった。そこで、五箇所ある橋のそれぞれに見張りをつけた。だれか一人でも捕らえれば、番所へ引き立て、拷問《ごうもん》にかけて隠れ処を探り出せる。

ところが女に気づかれ、先刻の男二人を加えて三対二の乱闘になった。

「やっつけたのですね」

蕎麦をかき込みながら、彦太郎は目をかがやかせた。

「いやァ、百介は八面六臂《はちめんろっぴ》の働きだった」

「妻木さまこそ、ご隠居さまにお見せしとうございました。免許皆伝まちがいなし」

三人を捕らえるまではよかった。が、人を呼び、番所へ引き立て、定町《じょうまち》廻りに引き渡すまでに思わぬ時がかかってしまった。

「なにぶん人手が足りず……百介には迷惑をかけてしもうた」

「なんの、いずこも同じでございますよ」

生死の境を共にした今は、町方同心と火盗改方の小者もすっかりうち解けている。

蕎麦を食べ終えた四人は帰路についた。本願寺橋を渡る。橋の上で、物々しいいでたちをした一団とすれちがった。道三郎が挨拶をしたところからみて、橋を固めるために動員された町方とその手下だろう。女が捕縛されたと知れば、一味は逃げ出そうとするはずだ。

「おれも早々に戻らねばならぬが、いったん帰宅して、着替えや仮眠をして来いと言われた。その前に、結寿どのをお送りいたす」

西本願寺を過ぎたところで道三郎が言い出した。

「では、あっしが彦太郎坊ちゃまをお宅へお送りいたしましょう。お二人はひと足先に……。なァに、すぐにあとを追いかけますよ」

八丁堀は北東、麻布は西南、いずれにしろ二手に分かれることになる。本来なら、道三郎と彦太郎が八丁堀へ帰り、結寿と百介が麻布へ帰ればよい。だが、道三郎の口調から切実な響きを感じ取ったのか、それともあらかじめ頼まれていたのかもしれない。百介は、共に闘った相棒へ粋な餞《はなむけ》を贈った。

狸穴坂を二人で歩く――。

それこそが叶《かな》わぬ恋に落ちた二人の悲願だと、百介はわかっていたのだろう。

胸を高鳴らせながらも、結寿は彦太郎との別れに涙ぐんだ。

「彦太郎どの。お元気でいてくださいね」

「はい。結寿さまもお達者で」

彦太郎も名残惜しそうに結寿を見上げる。

「さァ、坊ちゃま」

「百介。頼みますよ」

「へい。では妻木さま、お嬢さまをよろしく」

「おぬしも気をつけて参れ」

橋のたもとで、結寿と道三郎は北へ向かうふたつの背中を見送った。


「見ろ。星の中を歩いているようだ」

狸穴坂の半ばまで来て、道三郎は足を止めた。頭上には本物の星、眼下には人々が燃やす星がまたたいている。

「この坂は天の川ですね」

「彦星《ひこぼし》と織姫《おりひめ》なら七夕に逢えようが……」

「織姫になりとうございます」

「結寿どの……」

どちらが先にふれたのか。結寿の右手と道三郎の左手がかたく握り合わされる。と、結寿は自分から道三郎の胸に頰を寄せた。道三郎は片手を結寿の背中にまわす。

結寿は道三郎の鼓動を聞き、男の匂いを嗅いだ。体の芯がざわめいて、頭がぽーっと熱くなる。

どうか、いつまでもこのままで——。

結寿は祈った。が、道三郎はあっけなく腕を離した。提灯を道端に置くためだ。両手が使えるようになると、今一度、結寿を抱き寄せた。温かい腕のなかに、結寿はすっぽり包まれる。

どれほどそうしていたか。

「今宵《こよい》のことは、生涯忘れぬ」

道三郎がかすれた声で言った。

「わたくしも……」

「それはならぬ。結寿どのは忘れたほうがよい。いや、忘れてもらわねばならぬ」

「でしたら妻木さまも……」

勝代の顔を思い出して、結寿は首を横に振る。

「いいえ、お忘れにならないで。わたくしも忘れませぬ」

「おれと結寿どのはちがう」

「ちがいませぬ。ちがうものですか」

むきになって言うと、道三郎は子供をあやすように結寿の背を軽く叩《たた》いた。

「結寿どのには、幸せになってもらいたいのだ」

「幸せになどなれませぬ、妻木さまと一緒でなければ」

結寿の背中をさすっていた無骨な手がぴたっと止まった。

「妻が死んだとき、おれは二度と幸せにはなれぬと思うた。が、結寿どのに逢《お》うた。人は変わる。歳月は悲しみを癒してくれる」

「いいえ、わたくしは変わりませぬ」

「困ったお人よ。はじめからそれでは、みすみす不幸になるために嫁ぐようなものだぞ。どこにいても最善を尽くす、結寿どのはそういう女子《おなご》だと思うたが……」

結寿ははっと胸を衝かれた。道三郎の言葉の重さが胸にしみ入ると、取り乱した自分が恥ずかしくなった。そう、自棄《やけ》になってはいけない。不甲斐ない女だと思われたくなかった。道三郎にはこのひとときを、美しい思い出として胸の底にしまっておいてもらいたい。たとえそれが甘い感傷であったとしても……。

「ごめんなさい」

結寿は顔を上げた。

「おっしゃるとおりです。わたくし、妻木さまを忘れます」

涙が頬を伝っている。結寿はぎこちないながらも笑みを浮かべた。

「でも、この坂にいるときだけは……この坂を歩いているときは、妻木さまを思い出すことにいたします」

返事の代わりに、道三郎は両手で結寿の頬を引き寄せた。唇で唇にふれる。あっという間の出来事だった。

結寿は驚きのあまり、惚《ほう》けた人のように突っ立っていた。男と女が唇を合わせるなど、見たことも聞いたこともない。しかもこのようなところで……。そのくせ、離れたときは、一瞬にして過ぎ去ってしまった感触を惜しんでいる。

「人が来る」

道三郎は提灯を拾い上げた。

狸穴町から人が上ってくる。小僧を連れた商人のようだ。

結寿と道三郎も坂を下った。提灯を提《さ》げた道三郎が先に立ち、結寿があとにつづく。坂道の幅が狭いこともあったが、人目をはばかるためでもあった。

幸い顔見知りではなかった。軽く会釈をしてすれちがう。

短い坂なので、人をやり過ごせばもう下まで来ていた。二人はそこで、申し合わせたように振り向く。坂の上で束《つか》の間《ま》見たものが夢か現《うつつ》か、たしかめようとしたのかもしれない。

坂は暗くてぼんやりとしか見えなかった。が、上空には星がかがやいている。手を取り合って駆け上がれば、星空へ行き着けそうだった。

二人は同時に目を逸《そ》らせる。

辻を曲がって路地へ入り、裏木戸の前でもう一度向き合った。

「されば、ここで」

「ありがとうございました」

結寿は辞儀をした。

「礼を言うのはこちらだ。結寿どののおかげで彦太郎は命拾いをした」

「命拾いをしたのはわたくしです。お言葉、胸にしみました」

「えらそうなことを言うた、許せ」

照れくさそうに目を瞬いて、道三郎は背を向けた。なおもうしろ髪をひかれる思いで、結寿はその背中に声をかける。

「あの……あのう、お蕎麦、美味しゅうございました」

道三郎は振り向かなかった。提灯の火影と共に、路地を抜けて消えてしまった。

結寿はその場に佇《たたず》んで、闇のかなたを見つめる。今宵の出来事のひとつひとつ、二人の会話のひと言ひと言を思い浮かべ、胸の奥の、なにがあっても決して変わることのない場所へしっかりと納めた。

これでいい、と思う。この世には思いどおりにいかないことが沢山あるのだ。自分だけが悲しいわけではない……。

きびすを返そうとすると、かなたから火影が近づいてくるのが見えた。道三郎が戻って来たかと思ったがそうではなく、百介だった。

「坂の途中で妻木さまとすれちがいました」

「ええ。おまえのおかげで心残りがのうなりました。礼を言います」

「それをうかごうて、あっしも安堵《あんど》いたしました」

二人はそろって木戸をくぐる。山桜桃の大木の前で足を止め、

「この木ともお別れですね」

と結寿はつぶやいた。片手で幹を撫《な》でる。

「なァに、小山田家は坂の上。この木に会いたきゃ、坂を下りて来るだけのことでございますよ」

「そうですね。旦那さまにお許しをいただいて、ちょくちょくお祖父さまをお訪ねしましょう」

「坂道を、上ったり下ったり、下ったり上ったり、ホイホイホイ、ア、ヒョイヒョイヒョイ……」

奇妙な節まわしで歌いながら、百介は跳ねる。火影も一緒にひょいひょいゆれる。

狸穴坂を歩いているときだけは道三郎を想《おも》う――。

聞いていたわけでもあるまいが、百介の歌は、沈んでいた胸に小さな灯をともした。

おどけた仕草がおかしくて、結寿は頰をゆるめる。

「上ったり……」

「下ったり……」

「ホイホイホイ」

「ヒョイヒョイヒョイ」

声を合わせて歌いながら、主従はおどけた身振り手振りで玄関へ向かう。

「こんなに遅くなって、お祖父さまはきっと怒っておられますよ」

「雷には慣れております。言い訳ならあっしにお任せください」

身をちぢめて足を踏み入れる。

案に相違して、二人の耳に、宗仙と語らう幸左衛門の、愉《たの》しげな笑い声が聞こえてきた。

恋の形見

一

麻布竜土町《あざぶりゅうどちょう》の御先手組《おさきてぐみ》組屋敷内にある溝口《みぞぐち》家は、二百余坪の敷地に、母屋のほか、若党のための長屋と土蔵が並んでいる。蔵は昔からあったが、長屋のほうは火盗 改 方《かとうあらためかた》与力を兼務するようになったとき、急遽《きゅうきょ》、建て増しされた。火付や盗賊を捕らえる役目となれば、配下の同心とは別に、郎党も抱えなくてはならない。

狸穴《まみあな》町の祖父の隠宅なら四つ五つは入る広さの実家なのに、結寿《ゆず》はこの屋敷をかねてよりせせこましく感じていた。ひとつには家人の数が多いからだろう。もうひとつの理由は、当主の妻女が隅々まで目を光らせて、なにもかも自分の流儀でとりしきろうとしているせいだ。

嫁ぎ先が溝口家でないだけでも、ありがたいと思わなければ――。

結寿はしみじみ思った。

小山田《おやまだ》家はどのような家か。せめて姑《しゅうとめ》になる人は、継母の絹代《きぬよ》のような人でないことを願うばかり。いつの日か異母弟も妻を娶《めと》ることになるはずで、それを思うと、今から花嫁に同情したくなる。

もしかしたら、そんなふうに実家と比べることで、小山田家へ嫁ぐ宿命《さだめ》を無理にも受け入れようとしているのかもしれない。

実家へ帰ってからの結寿は、良き嫁になることだけを考えようとしていた。それでも夢のなかでは、恋しい妻木道三郎《つまきみちさぶろう》の面影を追いかけてしまう。

「宿命には逆らえないわ」

「なにか仰せになられましたか」

うっかりつぶやいたところを女中のお浜《はま》に訊《き》き返されて、結寿は身をすくめた。

いつ入ってきたのか、お浜は畳紙《たとう》の包みを抱えてかたわらに膝をついている。

「お着物ができて参りましたよ。ご覧くださいまし」

「もう見たわ」

「あれはよそゆき、こちらは普段着にございます」

「普段着ならたくさんあるでしょう。わざわざつくらなくてもよかったのに」

「そうは参りません。溝口家が銭惜しみしたと思われては沽券《こけん》にかかわると、奥さまからきつう言われております」

またか……と、結寿はため息をついた。着物だけではない、継母はなにからなにまで新しいものでなければ気が済まぬようだった。それも結寿を喜ばせるためではなく、見栄をはるために。

「ねえ、お浜。わたくしは新しいものより、昔からこの家になじんでいたものと一緒に嫁ぎたいわ」

思い余って、結寿は言ってみた。

「なじんだもの、とおっしゃいますと……」

お浜はけげんな顔になる。

「お浜は継母上《ははうえ》と一緒にこの家に来たのだったわね」

「さようにございます」

「ではわからないかもしれないわ。あのね、たとえば、亡《の》うなられた母さまや祖母《ばあ》さまが使っていらしたものとか……」

祖父と暮らしていた狸穴坂の隠宅からここへ帰って来たのは、もちろん、溝口家の娘として実家から婚家へ嫁ぐためだ。が、結寿はこの機会に、ぜひともしておきたいことがあった。嫁いでしまえば、めったなことで里帰りはできない。となれば、なんとしても……。

それは、亡母の形見を見つけ出すことである。

結寿の生母は、結寿が物心つくかつかぬかの頃に病死してしまった。抱きしめられたときのぬくもりやもの柔らかな声音、ほの白い顔はかすかに覚えているものの、はっきりした顔立ちは記憶にない。目を閉じれば、薄紅色の雲のなかに佇《たたず》む女人《にょにん》の面影がぼんやり浮かんでくるだけだ。

だからこそ、なにか、母を想《おも》うよすがになるものが欲しかった。

ところがひとつもないのである。

いつだったか、祖父に訊いたことがあった。なぜ、ないのかと。答えは簡単、始末してしまったという。その理由までは話してくれなかったが、代わりに百介《ももすけ》が、今はもういないがかつて溝口家に奉公していた老人から聞いたという話を教えてくれた。

「お嬢さまの母上さまはお産で赤子ともどもお亡くなりになられたそうでございます。旦那さまのお悲しみは深く、それゆえ奥さまを思い出すようなものは身近に置きたくないと仰せられたとか。そこへ、あの新しい奥さままでござんしょう。旦那さまと前の奥さまが仲むつまじかったと聞かれて妬《ねた》ましく思われたのか、棄《す》てきれずに遺《のこ》しておいたものまで、あらいざらい始末してしまわれたそうで……」

百介の話で納得はしたものの、それでもまだ、なにか残っているのではないかと結寿は希望を抱いていた。着物や帯、鏡、硯《すずり》などの道具類は無理としても、元結《もつとい》や笄《かんざし》といった小間物、でなければ箸や茶碗のひとつくらいは……。

「女人が使うもので、なにか古ぼけたもの、持ち主のわからぬものを見たことはないかしら」

結寿に訊かれて、お浜は首をかしげた。

「あいにくですが、ございませんね。さようなことより、さァ、これを」

目の前にひろげられた着物を、結寿はおざなりに眺める。

はじめから、お浜に訊《たず》ねても無駄なことはわかっていた。お浜は絹代の女中、二人は似たもの主従なのだから。

といって、父に訊いても埒《らち》が明かない。実際、訊ねてみたこともあったが、そのたびに不機嫌な顔で追い払われてしまう。

それでもまだ、あきらめたわけではなかった。生母のことを知りたい、身近に感じたいという思いは日に日に強まっている。嫁ぐ日が間近に迫っていればなおのこと。

お浜が出ていったあと、結寿は思案にくれた。今を逃せば、雲隠れの月のように、母はとらえどころがないままだ。それでは生涯、悔いが残る。

そうよ、自分で探せばよいのだわ――。

結寿は虚空の一点をにらんだ。そこに亡母の顔が浮かんでいるとでもいうように……。

いままでなぜ、思いつかなかったのか。

溝口家には土蔵があった。特別な場合にだけ使う食器や季節はずれの着物などがしまわれている。母の形見の品がもしあるなら、蔵のなかにちがいない。

結寿は、蔵へ忍び込んで、探してみることにした。

二

溝口家の土蔵は、大方の家の蔵がそうであるように、分厚い観音開きの扉に頑丈な錠前がぶら下がっている。錠前の鍵は、ひとつは当主である結寿の父、幸一郎《こういちろう》が、もうひとつは家刀自《いえとじ》の絹代が持っていた。急な来客をもてなさなければならないときなど、下僕や下女に蔵から掛け軸や花器を運ばせることがままあるからだ。

絹代の鍵がお浜の手文庫に入っていることを、結寿は知っていた。結寿の祝言を数日後にひかえて、こまごました品々の出し入れがひんぱんになっている。いちいち絹代をわずらわせることがないよう、お浜に預けているのだ。

お浜の手文庫なら、覗《のぞ》くのはたやすい。勝手に持ち出すのはうしろめたかったが、この際、良心の呵責《かしやく》をうんぬんしている暇はなかった。

もとより悪事を働くわけではないのだ。溝口家の娘が、自分の家の蔵に入って、亡母の形見の品を探す……。首尾よく見つけたら父に頼み込んでもらい受けようと、結寿は考えていた。

それだけのことだもの――。

だれもがあわただしく飛びまわっている。好機はすぐにめぐってきた。

その日、絹代は、お浜と下僕を伴い、結寿には異母弟妹に当たる二人の子供を連れて外出した。湯島天神で祝言の成功を祈願する……などと建前は殊勝だが、湯島天神の近くにある絹代の実家へ立ち寄って、お浜の長年の労をねぎらおうというのだろう。

お浜は結寿の女中として、共々に婚家へ移ることになっている。

古参の女中を継娘《ままむすめ》にゆずるのを、絹代はしぶった。が、結寿が溝口家に恥をかかせるような失態を演ずるのではないかと心配になったのだろう、やむなくお浜をお目付け役に任じた。そのため、娘時代から一緒だった実家で、別れを惜しもうというのだ。

一行を見送るや、結寿はお浜の手文庫へ忍び寄った。蔵の鍵を取り出す。ここまではあっけないほど簡単だった。

ところが、家人の目を盗んで蔵へ忍び込む機会はなかなかめぐってこなかった。蔵のかたわらに長屋があり、しかも蔵が見える位置に井戸があるので、郎党や下女が行き来している。

悪いことをするわけではない、使用人に遠慮はいらないとわかっていても、お浜に黙って鍵を持ち出した手前、人目を忍ばざるを得なかった。見つかって告げ口をされれば厄介なことになる。お浜は絹代に言いつけるはずだし、機嫌をそこねた絹代に嫌味三昧言われるのは目に見えていた。

結寿は辛抱強く機会を待った。

ようやくまわりに人がいなくなったのは午時《ひるどき》である。郎党は台所に集まって昼餉《ひるげ》をかき込んでいた。下女は給仕で忙しい。

左右に目を配りながら、結寿は土蔵へ駆け寄った。

ところが――。

錠前をはずそうとして、あっと声をもらした。鍵は開いていた。錠前はぶら下がっているものの、よく見ればかたちだけ、本来の役目ははたしていない。

おかしいわ、だれかなかにいるのかしら――。

音を立てないように用心しながら、扉を細く開けてなかを覗いた。

薄暗いのではじめはわからなかったが、目が慣れてくると人が見えた。明かりとりの窓は小さいが、手燭《てしょく》の灯がなくても品物が取り出せるくらいの明るさは保っている。

男だ。痩せて上背がある。どこかで見たような……と思ったとき、人の気配を感じたのか、男が振り向いた。

結寿は息を呑《の》んだ。父ではないか。

父のほうは結寿に気づかなかった。すぐに背を向け、棚に並んだ品物を物色している。

いったいなにを持ち出そうというのか。

父は今朝、組頭《くみがしら》の屋敷へ出かけた。いつもならこんなに早く帰ることはない。だいいち、父が帰宅したという話も聞いていない。

では、急に入り用ができて、あわてて取りに帰ったのか。それならなぜ郎党に命じて、取りにこさせないのか。

もちろん当主が自分の蔵へ入るのだから、文句をつける筋合いはなかった。あれこれ詮索すること自体がおかしいのかもしれない。

わかっていても、不審な思いは消えなかった。父はなぜ、人目を気にするのか。盗人《ぬすっと》でもあるまいし、なににびくついているのだろう。

鉢合わせをすれば、気まずいことになりそうだ。結寿は蔵へ入るのをあきらめ、井戸のかたわらの藪陰《やぶかげ》にひそんで、父が出て来るのを待った。

父はほどなく出て来た。袖で隠すように——といっても隠しきれてはいないが——幅が四、五寸、長さは二尺ほどある筒のようなものを抱えている。左右に視線を走らせて人がいないのをたしかめた上で、錠に鍵をかけ、急ぎ足で台所とは反対の母屋の方角へ消えた。

結寿は茫然《ぼうぜん》としたまま、しばらくその場にしゃがみこんでいた。

あれは幻か。父は、人に見られては困るようなものを蔵に隠していたのか。

「あれ、お嬢さま。さようなところでいかがなさいましたか」

声をかけられて狼狽《ろうばい》する。台所の勝手口から、下女が洗《あら》い桶《おけ》を抱えて出て来た。

「なんでもありませぬ。いえ、手を洗おうとして、ちょっとめまいが……」

「まァ、大変。お医者さまを呼びにやりましょう」

「もうようなりました。お医者さまは無用です。よいですね、騒いではなりませぬよ」

結寿はくるりと背を向ける。

父に先を越されたおかげで、この日は蔵へ入れなかった。絹代一行が思ったより早く帰って来てしまったからである。

結寿はお浜の手文庫に蔵の鍵を返した。

結局、亡母の形見は見つからずじまいだったが、一日はつつがなく終わった。少なくとも夜が明けるまでは……。

三

騒ぎは翌朝、起こった。

「なに？　ない、だと？　馬鹿なッ」

幸一郎の怒声が聞こえて、庭先にいた結寿は思わず耳を澄ませた。

「妙ですねえ。お浜の話ではたしかにあったと……」

当惑した絹代の声がつづく。

「お浜が見たのはいつだ？」

「あれはええと……お舅《しゅうと》さまが由緒ある物ゆえ表具をやりなおしておくようにと仰せられて……」

「おう、そうか。では経師屋《きょうじや》か」

「いいえ。とうに仕上がって参りました。そうでした。お浜は、経師屋から戻ってきたものを元の場所へ納めたときに見たそうです」

「それなら、あるはずではないか」

「はい。失《う》せるなど信じられませぬ」

表具というから、失せたのは掛け軸か。そういえばひと月ほど前、祖父の幸左衛門《こうざえもん》が「気の利かないやつらだ」と腹を立てていた。なにかの集まりで使おうと持ってこさせたところが、しみが浮いていたとやら。

掛け軸――。

結寿の眼裏《まなうら》に、昨日の光景がよみがえった。蔵から出て来た父が抱えていたもの、もしかしてあれも掛け軸ではなかったか。

もちろん、失せたと騒いでいる掛け軸と父が持ち出した品物が同じものだということは、端《はな》からあり得ない。なぜなら、父が自分で持ち出したとしたら、紛失ではないわけで、大騒ぎをする必要もないのだから。

幸一郎と絹代の声はまだ聞こえていた。

「溝口家の家宝だぞ。失せたでは済まぬ」

「賊の仕業でしょうか」

「蔵荒しなれば、掛け軸だけ盗むのは妙ではないか」

掛け軸はたしかに由緒ある品だが、溝口家の家宝はそれだけではない。ひと目見て値打ち品とわかるものも、数は少ないが左右に並んでいた。幸一郎によると、他に失せたものはないという。

「賊でないとすると……まさかッ」

「身内を疑いとうはないが……」

「門番がおります。たとえ蔵から持ち出したとしても、あの大きさの掛け軸をだれにも見られずに屋敷の外へ運び出すのはむずかしゅうございますよ」

「まだ隠しておるのやもしれぬ」

「屋敷内に、ですか。さように大胆なことをする者がおりましょうか」

「我が家に盗人がおるとは、わしも思いとうない。が、万にひとつということもある。疑いの芽は早々に摘み取っておかねばならぬ」

「でも、どうやって……」

「考えがある。よいか、このことはだれにも言うな」

結寿の頭は混乱していた。掛け軸が失せたというのはまことか。父はいったいなにをしようというのだろう。

どうもしっくりしなかった。その朝は、喉に小骨が突き刺さっているような、足袋のなかに小石がまぎれ込んでいるような、そんな気分で過ごした。

「これは内々の話だが、大捕物があるやもしれぬ。相手は尋常な敵にあらず。これより全員、狸穴の父上のもとへ行き、捕り方指南に励め」

午後になって、幸一郎は突然、長屋に住む郎党たちに命じた。

竜土町の家を出て狸穴町で隠居暮らしをしている幸左衛門と、溝口家の当主である幸一郎、父子の仲はしっくりいっていない。とはいえ、大事となれば助け合うのが父子である。幸一郎は早々に使いをやって、父ににわか指南を頼んだのだろう。

やはり、おかしいわ――。

結寿はますますけげんな顔になった。

郎党たちは出かけてゆく。絹代や子供たち、お浜や女中たちも、それぞれ用事を頼まれて外出してしまった。屋敷に残ったのは、古参の家来数人と老僕、門番のみ。

結寿は、祖父の隠宅へ手伝いに行くと言って屋敷を出た。が、途中で竜土町へ引き返してきた。なんとしても真実を探り出したい。

母屋に父の姿はなかった。

「旦那さまは長屋にいらっしゃいます」

母屋に残っていた老僕に訊ねると、予想どおりの答えが返ってきた。武家の当主が自分から長屋へ出向くなど、通常ならあり得ぬことだ。人のいない長屋でなにをしているのか。

それも、結寿には考えがあった。

「父上は家探しをしておられるのですね。掛け軸を探しておられるのでしょう？」

「う、ま、まァ、そんなところでございましょう」

老僕の答えは歯切れが悪い。

「そうだわ。もしや父上は、長屋の郎党のだれかに、掛け軸を盗んだ罪をなすりつけるおつもりなのではありませぬか」

自分で持ち出しておいて、郎党の部屋から見つかったように偽る。でも、もしそうなら、なぜ無実の者を盗人に仕立てなければならないのか。

「長屋の郎党のなかに悪党がまぎれ込んでいるとか……そう、しっぽをつかませぬ狡《ずる》賢《がしこ》い男ゆえ、苦肉の策として……」

結寿は郎党の顔を一人一人思い浮かべた。竜土町にいた頃からよく知っている顔もあれば、なじみの薄い顔もある。火盗改方与力の家の郎党になるくらいだから、いずれも猛者にはちがいないが、どの顔も悪党のものとは思えなかった。

老僕もとんでもないというように目をみはっている。

「そうではございません。掛け軸は家探しのための口実……」

「口実ッ？」

「へい。旦那さまはなにか、大事なものをお探しになりたいようで……」

口止めをされているのか、老僕は身をすくめ、人差し指を唇につけて見せた。

「大事なものとはなんですか」

「存じません」

「でも、そんなに大事なものが、なぜ長屋なぞに……」

老僕は首をかしげながらも、結寿の目をまっすぐに見返す。

「長屋がある場所には、以前、それは見事な桜の木がございました。お嬢さまのお亡くなりになられたご生母さまがたいそうお好きだったという……」

結寿ははっと息を呑んだ。顔立ちさえ覚えていない亡母なのに、その母を想うとき、なぜか薄紅色の雲が浮かぶ。あれはそう、母に抱かれ、あるいは手を引かれて、庭の桜の木を見上げていたときの光景が幼い胸に焼きつけられていたからではなかったか。

「おまえのおかげです。恩にきます」

言い終わらぬうちに、結寿はもう長屋へ歩き出していた。

組屋敷内の溝口家には、旗本屋敷にあるような長屋門はない。裏手の蔵の隣に建てられた長屋は、ふた間きりの小家が左右に三軒ずつ並ぶ棟割りである。

幸一郎は左中央の家の奥の間にいた。

畳が除かれ、その下の床板《ゆかいた》も取り払われて、地面がむき出しになっている。幸一郎の懐刀《ふところがたな》である古参の家臣が二人、鍬《くわ》を動かし、地面を掘り起こしていた。

老僕と話をしていなければ、仰天して、我が目を疑っていたかもしれない。

結寿は草履を脱いで手前の畳に上がり、父の背後に立った。知ってか知らずか、幸一郎は振り向きもしない。

「どうじゃ、あったか」

「はッ。あ、いえ、石にございました」

「大木があったのがあのへんとして、今少しこっちか。いや、そこ、そこだ。それ、そこを掘れ」

主従は宝探しに専心している。

結寿も固唾《かたず》を呑んで一同の作業を見守った。なにが出て来るのか、興味津々である。しかもそれは、亡母が愛《め》でていた桜の木の根元に昔、埋められたものらしい……とわかった今は、なんとしても目が離せない。

「あ、これは……」

しばらくして、家臣の一人がつぶやいた。身をかがめる。

「たしかに、ありましてござるッ」

もう一人が歓声を上げた。

「あったかッ。よし。掘り出せ」

幸一郎の声もはずんでいる。

土中から掘り出されて、幸一郎に恭《うやうや》しく手渡されたのは、一尺ほどの細い包みだった。箱を布で包み、上から油紙でくるんでいるようだ。

「おう。これだこれだ。ようやった。褒めてつかわす」

包みを受け取るや、幸一郎はしばし茫然と包みを眺めた。それから片手で包みを持ち、もう一方の指でていねいに砂を払う。

結寿はがまんができなくなった。

「父上。それはなんにございますか」

幸一郎は振り向いた。驚いたふうはない。が、結寿の問いには答えず、「出なさい」と、顎をしゃくった。その目をもう一度、家臣たちに向ける。

「元どおりにしておけ。掘り返したとわからぬようにの。それから、このことはいっさい口外無用だ。長屋に失せ物は無し。よいの」

長屋の外で待っていると、幸一郎が出て来た。包みを抱えたまま、先に立って母屋へ向かう。結寿も小走りにあとへつづいた。

幸一郎は夫婦の居間ではなく、書院へ娘を伴った。

「そこに座りなさい」

結寿が正面に膝をそろえるのを待って、包みの油紙を取り除いた。薄紅色の袱紗《ふくさ》に包まれた箱を、娘の膝元へ押しやる。

「薄々察してはおろうが……そなたの母の形見だ」

結寿はうなずいて、箱に手を伸ばした。

袱紗を開くと、出て来たのは、艶やかな黒漆の表面に金箔の桜花をあしらった、見事な文箱《ふばこ》である。

「これは、母さまの……」

「文《ふみ》が一通と遺髪が入っている」

「母上の……遺髪とお文」

「そなたの母とは離れて暮らしたことがない。文のやりとりをしたこともなかったが、これは亡うなったあと文箱に入っていた。つまり、文というより、遺書のようなものか。自分の身になにかあったら娘を頼む……と、そなたの行く末ばかりを案じている」

文箱の蓋を開けると、半紙で包んだひと房の黒髪と折りたたんだ文が見えた。

黒髪は文箱と同じ漆黒、若くして旅立った母の無念が偲《しの》ばれる。文のほうも、美しい筆跡ながら墨がそこここで薄くかすれて、病で力の失せたか細い指でけんめいに書いたものとわかる。

亡母は、ひたすら娘の幸せを願っていた。

「母さま……」

結寿は文を、遺髪を、頬に押し当てる。

「思い出すのが辛《つろ》うての、そなたの母を偲ぶものはすべて処分してしもうた。が、これぱかりは棄てられず、あれの好きだった桜の木の下へ埋めた。長屋を建てるために木を伐《き》ることになったときはさんざん迷うたのだが……」

そのときは絹代という後妻がいた。幸一郎は掘り出すのを断念した。

先日、嫁いでゆく娘から亡母の形見がほしいと言われて、長屋の下に埋まっている文箱を思い出した。が、今となってはどうすることもできない。

「それゆえ父上は、掛け軸が失せたなどと下手なお芝居をなさったのですね」

結寿は眸《ひとみ》を躍らせた。

わかってみればおかしい。おかしいけれど、そのおかしさのなかには父の、娘への思いが込められている。

結寿はこれまで、父を温かみのない人だと思ってきた。絹代を後妻に迎えてからはなおのこと、世間体や格式にこだわってばかりいて人情には疎《うと》いと敬遠していた。

けれど、今はちがう。なぜなら、もし結寿の母が病死をせず、今も健在であったなら、父も今の父とはちがっていたような気がするからだ。

人が変わってしまうほど、父は妻の死に激しい打撃を受けた。それは、とりもなおさず、父が妻を――結寿の母を――愛《いとお》しんでいた証《あかし》である。

「うれしゅうございます。母上の形見をいただくことができましたのは、むろん、なににもまさる喜びですが、わたくしには、父上がそうまでして形見を見つけ出してくださったことも、同じくらいうれしゅうございます」

両手をついて礼を述べると、幸一郎は照れくさそうに目を逸《そ》らせた。

「父上。この機にもうひとつ、お礼を申し上げておきます。これまでお育てくださいましてありがとうございました。数々のわがまま、どうかお許しください」

祝言の日の型どおりの挨拶ではない。結寿は心から感謝の気持ちを伝えたかった。絹代の夫、弟妹の父にではなく、亡母の夫、自分だけの父へ。

「小山田家へ嫁いだからといって親子の縁が切れるわけではない。相談事があれば、いつでも訪ねて来なさい」

「ありがとうございます」

娘とふたりきりで顔をつき合わせているのが気恥ずかしくなったのか、

「よけいな詮索をされぬよう、早《はよ》うしまっておけ」

父にうながされて、結寿は腰を上げた。敷居際まで下がったところで、ふと思いついて、もう一度、膝をつく。

「あのう、掛け軸ですが……どうなさるおつもりですか」

「どう、とは？」

「どこからか出て来た、というのでは、だれの仕業か疑心暗鬼になる者が出るやもしれませぬ。わたくしが持ち出したことにしてはいただけませぬか」

「そなたが、掛け軸を？」

「はい。お祖父《じい》さまに仕上がり具合を見せろと言われた、父上のところへうかがったら父上はご不在、手文庫の上に鍵が出ていたので、黙って拝借してお祖父さまにお見せした、ということに……」

持ち出したのが結寿なら、一件落着。だれも文句は言えないし、だれ一人、疑われる心配もない。

幸一郎は心底、安堵《あんど》したようだった。失せた掛け軸をどうやって元へ戻すか、そこまではまだ、名案が浮かんでいなかったようである。

絹代やお浜に見つからぬよう、結寿は自分の荷物のなかに亡母の形見の文箱をすべり込ませた。婚家へはお浜もついてくる。見とがめられるかもしれないが、そのときは亡母の形見であることを教え、手をふれぬよう命じればよい。お浜はもう絹代の女中ではなく、結寿の女中になるのだから。

夕刻、絹代をはじめとする女たちが帰って来た。狸穴へ捕り方指南に出かけていた郎党たちも戻って来た。

幸一郎は絹代を呼んでしばらく話し込んでいたが、やがて二人の立ち会いのもと、お浜が掛け軸を蔵へ納めた。

「いくらご隠居さまのお言いつけとはいえ、勝手に蔵から持ち出すとは……。大騒ぎになるところでしたよ」

夕餉どきに、結寿は絹代から小言を言われた。

「まったくあなたという人は……。粗相なきよう、お浜には目を光らせていてもらわねばなりませぬ」

継母の繰り言を聞き流して、結寿は神妙に頭を下げた。

四

祖父の隠宅の庭にある山桜桃《ゆすらうめ》が、紅《あか》い実をつけている。

これまでの結寿なら、すぐにもいで、甘酸っぱい果肉を味わうところだったが……。

「姉ちゃん。このくらいでどうだ？」

穴を掘る手を止めて、小源太《こげんた》が結寿を見上げた。

山桜桃の木の下には深さ二尺ほどの穴が掘られている。鍬を手にした小源太は、全身、土にまみれていた。

「そうねえ、もう少し……」

「でっかい猫だな。まったく、忙しいときに穴掘れなんてサ」

小源太の機嫌が悪いのは、結寿が妻木道三郎ではなく見も知らぬ男に嫁ぐためで、ひと頃は顔を合わせるたびにプイとそっぽを向いてしまうほど腹を立てていた。

観念したのか。というより、このまま疎遠になってしまうのが寂しいのだろう。仏頂面をしてはいるものの、穴を掘ってほしいと頼まれるや、ふたつ返事で飛んで来た。

「ねえってば、猫の死骸はどこにあるの?」

「猫の死骸を埋めるのではありませぬ」

「じゃ、なんの死骸?」

「死骸ではありませぬ」

「だって墓をつくるって言ったじゃないか」

「いいから、早う掘ってちょうだい」

結寿に急《せ》き立てられて、小源太は鍬を動かす。

そう。これはお墓だった。恋の墓——。

道三郎との恋の形見を山桜桃の下へ埋めようと決めたのは、亡母の形見が桜の木の下に埋められていたからである。

母さまは桜、わたくしは山桜桃。

ところが肝心の形見がなかった。結寿は道三郎との思い出の品を持っていない。

考えあぐねた末に、これぞという形見の品を思いついた。

納戸色《なんどいろ》の結城縮《ゆうきちぢみ》の着物である。道三郎と狸穴坂で出会った日に着ていた着物、それはまた、星空の下、一緒に狸穴坂を下った最後の夜に着ていた着物でもあった。

幸い婚家へ持参する着物は、普段着までことごとく新調している。この一着がなくても、だれも気には留めないはずだ。

「お待たせいたしました。こちらは準備万端、てなもので……へい」

百介が小さな葛籠《つづらかご》を抱えて隠宅から出て来た。

畳紙ごと袱紗と油紙で二重に包んだ着物を、それだけでは傷んでしまうからと、百介はもう一度、包みなおしていたのである。

「なんだ、それ？」

小源太が包みに目をやる。

「着物ですよ。思い出のね、キ・モ・ノ……」

結寿は教えた。好奇心のかたまりのような小童《こわつぱ》のこと、秘密にしておけば、なかをたしかめようと勝手に掘り起こしてしまうかもしれない。

「なんで着物を埋めるのサ？」

「それはね……」

口ごもっている結寿の代わりに、百介が助け船を出した。

「おまじないでございますよ。愛用していた着物をこれぞという木の下へ埋めておくと、いつまでも年をとらない。みんなと縁が切れないし、惚《ほ》れていたお人ともいつかきっと結ばれる。と、ま、そういう言い伝えがありますんで……」

「百介ったら」

結寿は苦笑する。

惚れていたお人と結ばれる――。

少なくともそれだけはあり得ないと思ったが、その一方で、たとえ百介得意のでまかせだとしても、今だけは信じてみたいとも思った。

百介の説明は、小源太の気分も晴れやかにしたようだ。

「ふうん。そんならちゃんと埋めなきゃな。どうだ？　こんなもんで」

「さすがは小源太坊ちゃま。たいしたものでございます」

二人にうながされて、結寿は百介に手渡された葛籠を穴の底へ置いた。

百介と小源太は掘り出した土をかける。

結寿は両手を合わせた。

明後日には人妻になる。恋は封印され、もはやよみがえることはない。それでも、この山桜桃の木の下に恋の形見が埋められていると思えば、平穏な心で日々を過ごせそうな気がする。

結寿には今、父の気持ちがよくわかった。たとえ口に出さなくても、だれ一人知る者がいなくても、決して失せはしない大切な形見――。

「さ、お嬢さま。竜土町までお送りいたしやしょう。花嫁さまになにかあっては、ただでは済みません」

「では、お祖父さまにご挨拶をして参りましょう」

歩き出そうとして、結寿は小源太に目を向けた。

「小源太ちゃん。あとはあなたに任せます。山桜桃もわたくしの埋めた形見も、しっかり守ってくださいね」

「合点承知之助《しょうちのすけ》ッ」

小源太は目をかがやかせる。

紅い実をたわわにつけて燃え立つように見える大木に背を向けて、結寿は、祖父の待つ隠宅へ入って行った。

お婆さまの猫

一

へちまの棚に深緑の実がぶら下がっている。

真っ赤に熟せば子供たちに摘《つま》まれたり鳥についばまれたり、夏のあいだに失せてしまう山桜桃《ゆすらうめ》の実とちがって、へちまの実は秋にお目見えする。

へちまを見て山桜桃を想《おも》うのは、心がまだゆれているからか。

結寿《ゆず》は台の上の壺に手を伸ばした。

今はもう、狸穴《まみあな》坂の下、山桜桃の大木のある借家で祖父と暮らす娘ではない。坂を上りきったところにある御先手組《おさきてぐみ》組屋敷の一軒、小山田《おやまだ》家の新妻である。

あと戻りはできないわ――。

これが宿命《さだめ》だとわきまえていた。うしろを振り向くつもりはない。

気を引き立てて、壺を取り上げた。

口のところが細くなった壺には、先端を切り取ったへちまの茎が差し込んである。こうしておくと壺に水がたまる。

へちま水は、この家のお婆《ばあ》さまが若い時分から愛用しているもので、庭の一隅にへちまの棚をつくらせたのもお婆さまだという。

小山田家は結寿の実家の溝口《みぞぐち》家と、組はちがうが同じ御先手組で、身分も同等の与力である。ただし、小山田家の御組頭《おくみがしら》は火盗改方《かとうあらためかた》を兼任していない。当番日に平川御門や坂下御門など御門の警固をつとめるだけで、捕り方のお役目はなかった。気は楽だが、そのぶんの役得もないため、暮らしぶりは溝口家よりつましい。

竜土《りゅうど》町の組屋敷にある溝口家と、麻布市兵衛《あざぶいちべえ》町の小山田家は、屋敷の広さや間どりも似かよっていた。おかげで、まごつくことも気おくれすることもない。

両親同士が知友であるのも幸運だった。そもそもこたびの縁談は、子供の頃から結寿を見ていた小山田家の嫡男《ちゃくなん》、万之助《まんのすけ》が、ぜひとも妻に……と望んだものだから、結寿はあたたかく迎えられた。

だれの目から見ても最上の結婚である。文句のつけようがない。

それなのに——。

「おや、こちらにおいででしたか」

壺のなかの水を小さな器へ移していると、お浜《はま》の声がした。

実家からついて来た女中のお浜は、大柄で堅太りの口うるさい女で、早くも婚家の女中たちから煙たがられている。

「へちま水をお婆さまにお持ちするのです」

結寿が言うと、お浜は眉をひそめた。

「さようなこと、なにもご新造さまがなさらなくとも……。こちらの女中にさせればようございます」

「おときもおかつも忙しそうですよ」

「なんの、ご実家に比べればこれしき」

小山田家は舅《しゅうと》姑《しゅうとめ》の他、万之助と結寿の若夫婦、十五歳になる万之助の弟の新之助《しんのすけ》、それにお婆さまの六人家族である。家族の人数はさほどちがわないが、火盗改方の家はしょっちゅう人が出入りをしている。雑用も多い。

たしかに、小山田家に女中三人は多過ぎるようにも思えたが……。

「お婆さまのお話を聞いてさしあげるのです。さ、おまえはおまえの仕事をかたづけておしまいなさい」

結寿はへちまの茎を空になった壺に戻した。器を手にして歩き出す。

「ご新造さま。長居はなさらぬように」

お浜の忠告を、結寿は聞き流した。毎度のことながら、お浜に少し腹を立てている。

お婆さまに近づかせまいとする魂胆が見えすいているからだ。

お婆さまは、万之助の祖母ではなかった。

万之助の今は亡き祖父の従姉《いとこ》にあたるとかで、旗本家へ嫁いだが夫に先立たれ、子もなく、実の両親もすでになかったために小山田家へ身を寄せ、以来、病弱な生母に代わって万之助の父の養育にあたってきたという。

お婆さまは母屋と渡り廊下でつながった離れに住んでいた。外出をすることは絶えてなく、医者と髪結い以外は訪れる人もいない。

体はどこも悪くなかった。が、耄碌《もうろく》しているせいか物忘れがひどく、人の名前をまちがえたり、同じことを何度も言ったり……。えんえんと昔話をすることもあり、家の者たちは皆、顔には出さなくても、お婆さまをもてあましている。

けれど結寿は、お婆さまといると気が楽だった。うしろめたい思いをしなくて済むからだ。万之助や舅姑がもっと欠点だらけの、嫁いびりをするような人たちであったなら、これほど疚《やま》しい思いはしなくて済んだかもしれない。

やさしさを負担に感じるなんて――。

なんと罰当たりか、と思う。それもまた結寿の心を重くしている。

へちま水の器を掲げて離れへ向かいながら、結寿は、はじめてこの家にやって来た日のことを思い出していた。

婚礼のあの日。

竜土町から麻布市兵衛町はいくらもないので、白無垢《しろむく》の花嫁を乗せた駕籠《かご》はあっという間についてしまった。少人数のささやかな宴《うたげ》ではあったが、婚礼は終始、和《なご》やかだった。宴が終わるまで、結寿は隣席に座る花婿の顔をまともに見られなかった。それでも穏やかな目をした細面はなんとはなし見覚えがあり、ああ、これが自分の夫か……と、結寿も穏やかな心で思ったものだ。

それでいて、眼裏《まなうら》にはもうひとりの、想ってはいけない人の面影ばかりが浮かんでいた。

狸穴坂の草陰からむくりと立ち上がった人、突拍子もない扮装《ふんそう》で探索に飛びまわっていた人、馬場丁稲荷《いなり》で忍び逢《あ》った人、お祖父《じい》さまに投げ飛ばされ、それでも弟子となって稽古に励んでいた人……。その人は、敏腕な隠密廻《まわ》りにして愛児のよき父であり、命がけで悪党の手から結寿を救い出してくれた恩人でもあった。

ふれあった手と手、星ふる夜に交わした口づけを、どうして忘れられようか。

忘れると約束をした。けんめいに忘れようとした。忘れたと思ったのに、よりによって婚礼の日になって、走馬燈のように思い出がよみがえる。

これが妻木道三郎《つまきみちさぶろう》との祝言ならどんなに幸せか。不謹慎だと知りつつも、そう思わずにはいられなかった。

うっかり涙をあふれさせたところが、

「愛らしい花嫁さまですこと」

今日から姑となる花婿の母が自らも涙を浮かべ、やさしく結寿の手をにぎりしめた。喜びの涙と勘ちがいしたのだろう。

それがまた、結寿の涙を誘った。

初夜の床でも結寿は泣いた。夫となったばかりの万之助が当惑しているのを見て、申しわけなさに身をすくめる。

――どうした？　なぜ泣いている？

――いえ……なぜか、ただ、泣けて……感きわまっているのでしょう。

皮肉なことに、万之助はそれを花嫁の恥じらいと思いちがいをして、愛しさをつのらせたようだった。

夫に抱かれながら、たった一度でよい、道三郎に抱かれたかったと思い、そう思う我が身を恥じて、結寿はなおのこと身をかたくした。だから、従順ではあったものの心ここにあらずで、まことの夫婦になったという事実でさえ現実味に乏しく、はるかな夢のなかの出来事のようだった。

武家の娘としての矜持《きょうじ》を、結寿は日頃から教えられてきた。自らも言い聞かせていた。気丈な女だと、自分でも思っていたのだ。だったらなぜ、婚礼の夜に、あんなに泣いてばかりいたのか。

翌朝はいちばんに目覚め、率先して立ち働いた。

いつもの結寿に戻っていた。

そうはいっても、ひと夜の涙で、胸の奥に埋もれた思い出を洗い流せるはずもない。

二

お婆さまは、縁側の日だまりにちょこなんと座って、髪結いに髪を梳《す》かせていた。

髪結いは名を徳四郎という。歳は三十半ば、口は重いが腕はたしかで、お婆さまのお気に入りである。

廻り髪結いは武士《さむらい》の丁髷《ちょんまげ》を結うのが主な仕事だ。徳四郎は長坂町の生まれで、父親の代から小山田家の男たちの髷を結っていた。

髪結いが来れば、お婆さまも髷を結わせる。旗本家に嫁いでいた頃からの習慣だそうで、今ではお婆さまのためだけに呼ばれることもある。

徳四郎は、尻はしょりをした広袖の縞木綿《しまもめん》に角帯をしめ、腹掛に股引《ももひき》といういでたちだった。髪結い道具の四角い手提箱《てさげ》、びん盥《だらい》を脇に置き、器用な手つきでお婆さまの白くなった髪を梳いている。

結寿に気づいて、徳四郎は軽く会釈をした。

結寿は口元に人差し指を立て、その場に腰を下ろして仕事ぶりを眺める。

お婆さまは囀《さえず》るような声で楽しげに昔話をしていた。結寿のいるところからは、薄い背中と桜色に染まった耳、膝の上の猫を撫《な》でる、しみの浮いた指しか見えない。

お婆さまが膝に抱いているのは、白髪と対をなすような白猫である。子猫ではないが体は小ぶりで、薄茶色のすきとおった目をしている。毛足は長く、つややかで、そんじょそこいらの猫とは顔つきまでちがっていた。

「へい。相すみやせん」

徳四郎がお婆さまの肩にかけていた手拭いをはずした。

まだ話し足りないとみえて、お婆さまは名残惜しそうにため息をついた。

「ご新造さまがお待ちにございます」

徳四郎に言われて、お婆さまははじめて結寿を見る。その拍子に、猫が膝から下りて、どこへともなく消え去った。

だれも気に留めない。猫は気まぐれな生き物である。

「おや、ツキエどのかえ」

お婆さまは目を細めた。

お婆さまは結寿のことをツキエどのと呼ぶ。ツキエというのがだれのことか、結寿はもちろん、婚家の人々にもわからなかった。お婆さまの生家や婚家にも、そんな名前の女はいなかったという。

「はい。へちま水をお持ちいたしました」

わたくしは結寿です……などと言い返して、お婆さまのご機嫌をそこねるわけにはいかない。

「まァ、きれいなお髪《ぐし》だこと。ではお婆さま、お化粧もいたしましょうね」

「へい。それでは、あっしはこれで」

徳四郎は敷居際まで下がり、両手をついて挨拶をした。

お婆さまは手鏡を取り上げ、自分の顔に見入っている。映っている年寄りはだれかといぶかるような表情である。

「ご苦労さまでした。母屋へ寄って、ひと休みしてください」

結寿は徳四郎をねぎらった。仕事を終えた髪結いに、軽い食事や茶菓をふるまうのは習慣になっている。

徳四郎を送り出したあと、結寿はへちま水を綿にふくませ、お婆さまの顔とうなじを拭いてやった。

「ツキエどのは菊慈童《きくじどう》の故事をごぞんじかえ」

「はい。菊の花の露を飲んで不老不死になった童《わらべ》の話ですね」

「わたくしが娘の時分は、重陽《ちょうよう》のお節句の朝、必ず菊の露で体を拭いたものですよ。無病息災を願うて」

「わたくしも祖母から聞いたことがあります」

「ツキエどののお祖母《ばあ》さまと言うと……」

お婆さまは小首をかしげた。結寿は耳をそばだてる。

期待に反して、お婆さまはなにも言わず、ただ首を横に振っただけだった。ツキエという女が実在したのか、それとも想像のなかの人物か、結寿にはそれさえわからない。

「なにもかも、昨日のことのようですよ」

お婆さまはつぶやいて、小さなあくびをもらした。

「しばらく横におなりになられてはいかがですか」

結寿は床をとってやった。

家中でいちばん早起きのお婆さまは日に何度も昼寝をする。横になってもなお、お婆さまの口から流れるとりとめのない話は、いつしか寝息に変わっていた。

足音を忍ばせて、結寿は母屋へ帰って行く。

お婆さまの様子が一変したのは、その日の午後だった。

「なにごとでしょう」

離れが騒がしいので、結寿はお浜を見に行かせた。

縫い物の手を休めて待っていると、お浜が首をかしげつつ戻ってきた。

「猫がいなくなったそうで、お婆さまは半狂乱になっておられます」

「まァ、猫が……」

お婆さまの膝の上で丸くなっていた白猫を、結寿は思い浮かべた。

「庭にいるのではありませぬか。でなければお隣とか」

猫が隣家へ入り込むのはよくあることだ。

「それが、探してもいないそうで」

「そのうちに戻ってきますよ」

「でしたらよいのですが……」

臆病な猫で、これまでいなくなったことは一度もないという。

お浜はまだなにか言いよどんでいるようだった。

「どうしたのですか、そんな顔をして」

「実は……お婆さまは、ツキエという女子《おなご》が猫を連れて行ってしまったと思い込んでおられるそうで……」

これには結寿も言葉を失った。

お婆さまがツキエと呼んでいるのは結寿だ。では、お婆さまは自分が猫を取り上げたと思っているのか。

結寿がお婆さまにへちま水を持って行ったとき、猫が部屋から出て行った。お婆さまが猫がいないことに気づいたのは昼寝から目覚めたときだというから、眠る間際までそばにいた結寿に疑いの目が向けられたのだろう。いや、それだけではなく、ツキエという女にはなにか、お婆さまに疑いを抱かせるような出来事があったのだろうか。

「こともあろうに、ご新造さまのせいにするなど……。いくら耄碌しておられるとはいえ、とんでもない話にございます」

お浜は憤慨している。

「しかたがありませぬ。お婆さまにはお婆さまの思うところがおありなのでしょう」

「それにしても、たかが猫一匹で大騒ぎを……」

「お婆さまにとって、あの猫はかけがえのない宝物なのです」

じっとしてはいられなかった。

「わたくしも探します」

「どこを探すおつもりですか」

「まずはご近所を」

結寿にうながされて、お浜もしぶしぶ腰を上げた。

お婆さまの興奮をあおりたてていけないというので離れへは行かず、母屋や庭、道端など、猫がいそうな場所を、結寿とお浜は探した。女中たちや下僕のほか、学問所から帰ってきた新之助や姑まで加わって、一家総出で近所を探したものの、猫は見つからなかった。

ひと目見たら忘れがたい猫である。それなのに、近隣の家々でもだれも見ていないという。

「結寿どののせいではありませぬ。気にするのはおやめなされ」

「あれははじめから妙なところのある猫だった。この世のものではなかったのやもしれぬぞ」

姑や舅になぐさめられた。

「新たな猫をもろうてきてやる。さすればお婆さまもお元気になられよう」

万之助も言ってくれたが、結寿の心は晴れなかった。なぜなら、これをきっかけに、お婆さまが寝ついてしまったからである。

猫は、飼い主のもとでは死なないという。

もしや、どこか見知らぬ家の縁の下で冷たくなっているのでは――。

猫がお婆さまの命まであの世へ持って行ってしまいそうな気がして、結寿は気が気でなかった。

三

一歩一歩、踏みしめながら、狸穴坂を下る。

結寿は坂の半ばで足を止めた。

あのお方は、どうしておられるのか。又従妹さまともう夫婦になられたか。彦太郎《ひこたろう》どのは元気はつらつ、文武に励んでいようか。

この坂を上り下りするあいだだけは、思い出します、と約束をした。

道三郎さまも、こうして足を止め、自分を想うてくださることがあるのかしら。

坂の下は麻布十番の大通りである。両側に立ち並ぶ大小の武家屋敷、その合間にこぢんまりと庇《ひさし》を寄せ合う町家、その先の青々とした馬場、掘割のきらめく水面……。狸穴坂から眺める景色は変わらない。

「なのに、わたくしは……」

下りた坂を上るように、時を遡ることができたらどんなに幸せか。

ひとつ吐息をもらして、結寿は坂を下りきる。

坂を下りて左へ曲がれば狸穴町だ。

口入屋《くちいれや》「ゆすら庵《あん》」の裏手が、小山田家へ嫁ぐ前まで結寿が住んでいた祖父の隠宅である。

六月のはじめに嫁いでから、三カ月余りが過ぎていた。

この間、結寿はまだ一度しか祖父を訪ねていない。婚家への気兼ねもあったが、なにより、坂を下って思い出の詰まった狸穴町へやって来る勇気が出なかった。

ここでは、捕り方指南を受けている道三郎に、ばったり出会うかもしれない。彦太郎に会うことだって……。そんなとき、笑顔で挨拶をしたり、さりげない話をするためには、もう少し時が必要だろう。これまではそう思っていた。

今は、そんなことを言っている場合ではない。

ひとつ深呼吸をして、結寿はゆすら庵へ足を踏み入れた。

「おや、こいつは驚いたッ」

主人の傳蔵《でんぞう》が大声を上げた。傳蔵は隠宅の大家でもある。

「ご無沙汰しております」

結寿はしとやかに挨拶をした。

「あ、姉ちゃんだッ」

声を聞きつけて、奥から小源太《こげんた》が駆けて来た。

つづいて女房のてゝいも顔を覗《のぞ》かせる。

「まァまァ、すっかりご新造さまらしゅうなられて……」

「姉ちゃん、帰って来たのか？　おん出て来たんだろ」

「なにを馬鹿なことを、小源太、お黙りなさい」

「母ちゃんこそ黙ってろって。なァ、姉ちゃん……」

「相すみやせん、相変わらずの腕白で……おい、こら、あっちへ行っとれ」

いつもながらの家族のやりとりがなつかしくて、結寿は思わず涙ぐみそうになる。

「みんな、息災でしたか」

「へい、このとおり」

「あったりめえサ」

「ご隠居さまも百介《ももすけ》さんもお変わりございませんよ」

結寿に代わって、幸左衛門《こうざえもん》の世話は傳蔵の娘のもとがつとめていた。もとの弟の弥之吉《やのきち》は学問好きで、幸左衛門の囲碁仲間の俳諧師、弓削田宗仙《ゆげたそうせん》の援助を受けて、勉学に励んでいる。

「なァ、裏へ行くんだろ。おいらも行こうっと」

小源太に袖を引っぱられたが、結寿は首を横に振った。

「いいえ。今日はゆすら庵に用事があるのです」

傳蔵とていは顔を見合わせる。

「そいつはまた……。どのような御用で？」

「小山田さまでお女中をお探しですか」

立ち話ではなんですから……とうながされて、結寿は小上がりへ腰をかけた。ていが茶菓の用意をしに出て行くと、傳蔵は小源太を追い払おうとする。

むろん、追い払われるような小僧ではなかった。

「いいのです。小源太ちゃんにも聞いてもらいたいのです」

「へん、そうこなくっちゃ」

小源太と傳蔵、よっつの目に見つめられて、結寿はお婆さまの猫の話をした。

「ふむふむ、猫がいなくなった……と」

「猫じゃなくて狐《きつね》だったんだ。ひゅうどろん……なんてサ」

「猫です。でも、ふつうの猫ではありませぬ」

猫の特徴を説明すると、二人は首をかしげた。

「ふうん。おっかしな猫だなァ」

「異国からやって来た猫の子孫かもしれやせんね」

「いずれにしても、そんなに遠くへは行けないはず。口入屋なら界隈《かいわい》の噂《うわさ》が耳に入ります。もし、珍しい白猫の話を耳にしたら、ぜひとも教えてほしいのです」

結寿は頭を下げた。

「わかりやした。お客が来るたびに訊《たず》ねてみやしょう」

傳蔵がうなずけば、小源太もはりきって、

「おいらが探してやらァ」

と、目をかがやかせる。

武家の妻女では町々を探しまわるわけにはいかないが、小源太なら路地裏でも裏長屋でも自在に入り込める。珍しい猫なら、子供同士の噂話も役に立ちそうだ。

来た甲斐《かい》があったと、ほっとしたものの……。

「なんで妻木さまに頼まねェのサ。おいらが話してやろうか」

小源太に言われ、結寿は目を泳がせた。

「妻木さまはご多忙です。わずらわせてはなりませぬ」

あわてて言う。道三郎がたとえ別れた恋人でなくても、町方の隠密廻りに猫一匹の探索をさせるわけにはいかない。

「さァ、お茶をどうぞ」

ていが茶菓を運んできた。

四人はしばし和やかに談笑する。

「せっかくですから、ご隠居さまにお会いになってくださいまし。ねえ、おまえさん、あんまし、こっちでお引き留めしても……」

「そうだな。顔を出さなかったとあっちゃ、あとであっしらが怨《うら》まれる」

口々に勧められたものの、結寿は暇《いとま》を告げた。

「いえ、またにします。今は取り込み中ですし、お祖父さまにはあらためてゆっくりお会いいたします」

祖父に会いたい。百介にも会いたい。でも今はやめておこうと結寿は思った。嫁いだあと、はじめて訪ねたときは辛《つら》かった。あの家へ上がり込み、祖父や百介の顔を見れば、思い出がいちどきによみがえる。未練がつのり、心がゆれる。

山桜桃を見るのもやめた。

ゆすら庵を出て、狸穴坂を上る。

坂の上まで小源太がついて来た。

「なァ、姉ちゃん……」

「なァに？」

「妻木さまのことだけど……」

「その話はやめましょう。やめてちょうだい」

「なんでサ？」

「なんででも。いつか、小源太ちゃんにもわかるときがくるわ」

「へんなの。どうしてるか、そのくらいいいじゃねえか」

「あのね、過ぎてしまったことは、もう、元には戻らないの。それはとても辛いことだし、哀《かな》しいことだけれど、忘れなければ生きてはゆけないの。そうだわ、小源太ちゃん、息を吸ってごらんなさい」

「なんだよォ」

「いいからほら。もっと、もっと、ほらもっといっぱい……」

けげんな顔で息を吸い込んだ小源太は、目を白黒させ、吸って吸って、とうとうがまんできずに大きく吐き出す。

「ほらね。吸ってばかりはいられないでしょ。吐き出さなければ、新しい息は吸えないわ」

小源太は不服そうに頬をふくらませた。

「吸ったり吐いたり、さっぱりわかンねェや。そんなことよりサ、おいらは忘れたりなんかしねえンだ。なんだって、ぜーんぶ、覚えとくのサ」

「そうね。小源太ちゃんはおりこうだから、なんでも覚えていられるわね」

苦笑しながら、結寿は自分を「ツキエどの」と呼ぶときの、お婆さまの顔を思い出していた。親しげではあるけれど、それだけではないような……。

お婆さまにも、忘れられない、それゆえ胸の痛む思い出があるのだろうか。

坂を上りきったところで小源太と別れた。

元気よく駆け下りて行く小童《こわっぱ》のうしろ姿を、結寿は微苦笑と共に見送った。

四

「まことですかッ」

結寿は身を乗り出した。

「まこともまこと、この目でちゃァんとたしかめました」

くるりと目玉をまわしたのは百介である。

二人は小山田家の客間で向き合っていた。

百介が訪ねて来たのは、結寿がゆすら庵へ出向いた四日後だ。お婆さまの猫がいなくなってからは七日が経《た》っている。

猫の行方は杳《よう》として知れない。

お婆さまも寝ついたまま。

「同じ猫かしら」

結寿はまだ信じがたい、といった顔である。

お婆さまの猫が、長坂を下る途中にある旗本屋敷で飼われているという。

麻布には坂が多い。飯倉町の大通りから南へ下る坂は、東から順番に狸穴坂、鼠《ねずみ》坂、長坂、鳥居坂、芋洗《いもあらい》坂と並んでいる。小山田家は大通りの北側だが、旗本家とさほど離れてはいなかった。といっても猫が迷い込むには不自然な距離である。

「毛足の長い、真っ白な猫で、飼われてまだ十日にならないそうですから……」

百介は得意げに小鼻をうごめかせた。

結寿はゆすら庵の傳蔵と小源太父子に猫探しを頼んだ。二人が白猫を探しまわっていることは百介の耳にも入った。

結寿お嬢さまの一大事――。

百介も放ってはおけない。一緒に探していたところ、傳蔵が耳寄りな噂を聞き込んできた。ゆすら庵から武家へ送り込まれた女中が、隣家で白い猫を飼っていると知らせてくれたのである。

町家は小源太の領分。が、武家屋敷となると傳蔵も小源太もお手上げで、武家の小者《こもの》の百介の出番である。

百介は早速、旗本屋敷へ飛んで行った。家来に問いただし、当の猫を見定めてきたという。

「元火盗改方与力、溝口幸左衛門の名を出せば、ちょちょいのチョイでございます」

元幇間《ほうかん》という異色の経歴をもつ百介だが、口八丁手八丁だけでなく、捕り縄にも心得があり、なかなかの手練《てだ》れである。少しばかり肩を怒らせれば、小柄でにぎやかなご面相でも、思いの外、にらみが利くらしい。

「では、猫は塀の隙間から入り込んだ、というのですね」

「へい。珍しい猫でございます。お殿さまがたいそうお気に入られて、可愛《かわい》がっておられるそうにございますよ」

「困ったことになりました。お婆さまの猫です、お返しくださいと言って、すんなり返していただけましょうか」

「むずかしゅうございます。お殿さまというのが、評判のごうつくばりだそうで、西瓜《すいか》の種でさえ、もったいないから吐き出さぬお人とやら……。なんでも貯《た》め込んで、他人のためにはビタ一文、出さぬそうですから……」

　厄介なことになってきた。いずれにせよ、お婆さまの猫だという証《あかし》を立てなければ返してもらえそうにない。

「それにしても、なぜ、そんなところへ迷い込んだのでしょう」

「たしかに面妖な話でございます。ま、拝見したところ、あれは常ならぬ猫、おそらく異国の血が混ざっているのでしょう。となれば、ヒューッと空を飛ぶことだって……」

「馬鹿ね、いくらなんでも」

　猫が空を飛ぶものですかと笑ったところで、結寿ははっと表情をひきしめた。

「おまえの言うとおりやもしれませぬ。そう。飛んだのです」

「へ？」

結寿の眼裏に、猫が空を飛ぶ姿が浮かんだ。雲に乗って……ではない。四角い箱にゆられて……。

「お旗本の屋敷は長坂だと言いましたね」

結寿は真顔で訊ねる。

「へい、坂の真んなかへんでございます」

「こちらから下って行くと、右手が武家屋敷町、左手が長坂町の町家ですね」

「へいへい、さようで」

「わかりました」

「いったい、なにがおわかりになったんで？」

「猫が長坂にいたわけです」

今や、結寿は確信していた。

あの日、お婆さまの膝から下りた猫は、渡り廊下か庭先で毛づくろいでもしていたのだろう。離れから出て来た髪結いの徳四郎は、猫に目を留めた。なじみの徳四郎なら、猫は逃げない。かまっているうちに思いつき、びん盥に入れて連れ去った。

結寿の話を聞いて百介もうなずく。

「しかし、なんのために髪結いが猫を盗むんで？　まさか、珍重な猫を売り飛ばして儲《もう》けようってんじゃァ……」

「それはないと思います」

徳四郎は実直な男である。私欲のためにお得意さまの猫を盗むとは思えない。

「なにかわけがあるのでしょう」

とにかく、徳四郎に会って問いただすしかない。

二人は長坂町へ行ってみることにした。

家を出る前に、結寿は台所へ行き、女中や下僕に訊ねる。

案の定、猫がいなくなった日、徳四郎は台所へは立ち寄らず、勝手口で髪結代だけ受け取って、そそくさと帰ってしまったという。しかも、あれ以来、徳四郎は小山田家へ来ていなかった。

廻り髪結いはいくらもいる。徳四郎が来なくても小山田家は困らない。いちばんの徳四郎びいきはお婆さまだが、そのお婆さまが寝ついているので、だれも徳四郎を呼びに行こうという者はいなかった。

「やはり思うたとおりですね」

「徳四郎とやら、とんでもねェ野郎だ」

「百介。頭ごなしに叱《しか》ってはなりませぬ。ここはわたくしに任せてください」

長坂町へ急ぐ道々、百介はしげしげと結寿を見た。

「お嬢さまは……いえ、ご新造さまは、見ちがえるようにおなりです」

「見ちがえる……」

「へい。勝ち気な武家娘が、今やりっぱな武家のご妻女だ。これならご隠居さまもご安《あん》堵《ど》なさいましょう。お胸のうちではたいそう案じておられましたから」

幸左衛門は武骨で偏屈な老人だ。結寿の結婚についても、非難めいた顔こそしなかったが、祝いの言葉もかけなかった。好いた人がいながら親の決めた家へ嫁ぐ孫娘を、内心では哀れみ、気にかけていたのだろう。

「りっぱなものですか。わたくしはまごついてばかりです」

百介の視線がいたたまれなくなって、結寿は顔をそむけた。

「でも、どんなにじたばたしていても、顔には出しませぬ。お祖父さまを心配させるようなことはいたしませせぬ」

「ご新造さま……」

百介は目を瞬《しばたた》く。

二人は大通りを渡り、ゆるやかな長坂を下った。旗本屋敷を横目で見て、坂の途中から左手へ折れる。

徳四郎の住まいはすぐにわかった。路地の木戸に「髪結い　徳四郎」と書かれた木札が貼《は》りつけてある。間口二間の小体《こてい》な裏店《うらだな》だが、徳四郎の家は二階建てだった。

入り口の戸は開いている。

とっつきの板間で、徳四郎が商人——そこそこの店の番頭か——の髪を結っていた。自分の家で商いをする「内床」でなくても、手が空いていて客が来れば、むろん断る理由はない。

また客か……と期待をこめて入り口へ向けられた目は、いったんいぶかるように細められ、それから狼狽《ろうばい》の色に変わった。

「じきに終わります。お掛けンなってお待ちを」

徳四郎は平静をとりつくろおうとした。

結寿は百介に目くばせをして、板間の端に腰を下ろした。百介は路地へ出たり、土間でしゃがんだり、徳四郎を牽制するためか、いっときもじっとしていない。

「へい。相すみやせん」

徳四郎が手拭いで客の両肩を払ったとき、二階で物音がした。

「具合はどうだい？」

客が二階を見上げた。

「へい。どうにかこうにか……」

徳四郎が答える。

「美味《うま》いもんでも食わせてやってくれ」

徳四郎は客がふところから出した銭を押しいただく。何度も頭を下げたのは、髪結代以上の銭を受け取ったためだろう。

二階にだれかいるらしい。しかも、そのだれかは尋常ではないようだ。

「ありがとよ。また、頼まァ」

「へい。お待ちしております」

客を送り出した徳四郎は、一変、苦渋にみちた顔になって、土間に両手をついた。

「申しわけござンせんッ」

「他人さまのもんをかっぱらっといて、申しわけないで済まそうってのかッ」

「百介ッ、おやめなさい」

結寿は百介をにらむ。が、徳四郎へ向けた結寿のまなざしも険しかった。

「お婆さまはあなたをひいきにしておりました。そのあなたがお婆さまの大切な猫を盗むとは、いったいどういう了見ですか」

「めっそうもねェ」と、徳四郎は声をつまらせた。うつむいたまま、声をしぼり出すようにして「盗むつもりなど、これっぽっちも……」と言いよどむ。

「盗んだじゃねェか」

「百介。おまえは黙っていなさい。徳四郎さん。盗んだのでないなら、なぜ、猫をびん盥に入れて連れ帰ったのですか」

徳四郎は驚いたように目を上げた。すぐにその目を伏せる。

「ほんのいっとき、ちょっとのあいだだけ、お借りしようと……すぐにお返しするつもりでおりました」

「それならそうと、なぜ先に言わなかったのですか」

「お婆さまの大切な猫です。おゆるしはいただけぬと思い……あきらめておりました。ところがあの日、渡り廊下に……それでつい、魔がさして……」

「いきさつはわかりました。なれど、ちょっとのあいだだけ猫を借りて、どうするつもりだったのですか」

「いっぺんでいい、愛らしい猫を抱かせてやりてェ、そうすりゃ、どんなに喜ぶかと……。それに、お婆さまは日頃から、あの猫には特別な力があるから病を治してくれる、とも仰せでございました」

ようやく事情が呑《の》み込めた。結寿は二階へ目をやる。

「ご妻女ですか、お子さんですか」

徳四郎は洟《はな》をすすった。

「家内は三年前に死にました。娘です。十三になりますが……心の臓を病んでおりやして……医者からはもう長くはないと……」

お婆さまが耄碌していなければ、真実を打ち明けて、猫を借りることもできたかもしれない。けれど、お婆さまは自分の世界にひたりきっていた。口下手な徳四郎には、饒舌《じょうぜつ》なお婆さまの話を中断して、自分の娘の話をする厚かましさはなかった。

「騒ぎにならねェうちにお返しするつもりでおりました。逃げられては一大事でございます。戸を閉め、びん盥のふたを開けてそっと抱き上げ、畳へ下ろしたとたん……ちくしょう、乙次郎の野郎が……」

裏店の隣人がガラリと戸を開けて入って来た。猫は驚いた。狭い箱に閉じ込められて怯《おび》えていたせいもあったのだろう、すさまじい勢いで逃げ去った。

徳四郎は蒼白《そうはく》になった。あわてて追いかけたが、もう姿はなかった。むろん、近所を探しまわった。一軒一軒訊《き》き歩き、稲荷の境内や馬場、掘割の周辺も探したが見つからない。

「大変なことをしてしまいました。お婆さまになんとお詫《わ》びしたらよいか……。なんとしても見つけ出してお返ししなければと、毎日、朝に夕に探し歩いております」

涙ながらに語る徳四郎は、心底、自分の行いを悔いているようだった。

結寿と百介は顔を見合わせる。

「武家屋敷も訊き歩いたのでしょうね」

「へい。ですが、あっしがお髪を結わせていただくのは御組屋敷のお武家さまがほとんどでございます。お大名家やお旗本家では、ろくに話も聞いてもらえず、門前払いにおうてしまいます」

無理もないと、結寿はうなずいた。

「お婆さまの猫は、お向かいのお旗本屋敷におります」

「今じゃ猫好きのお殿さまに可愛がられているそうで」

結寿と百介が同時に言うと、徳四郎は目をみはった。驚きはやがて困惑、そして落胆に変わる。

「お向かいのお殿さまでしたら、いったん手に入れたものはなにがあっても手放さないと評判の……ああ、大変なことに……どうしたらお返しいただけましょうか」

答えられるくらいなら苦労はなかった。

「そこが、問題なのです」

結寿はため息をつく。

名案も浮かばぬまま、結寿と百介は徳四郎の娘を見舞った。

娘は、薄暗い二階の、毛羽だった畳に敷かれたつぎはぎだらけの夜具にくるまって、苦しそうにあえいでいた。病み窶《やつ》れた姿が涙を誘う。

それでも、結寿が額に手を置くと薄目を開け、すがるような目で見つめ返した。

「白い猫を、きっと抱かせてあげますよ」

結寿の言葉にかすかにうなずく。

娘が助かる見込みは、万にひとつもなさそうだった。

重い足で、三人は段梯子《だんばしご》を下りる。

「ここはあっしにお任せを」

下りるなり、百介が言った。

「なにか名案があるのですか」

「いや。今はまだ……。しかし、この百介に解けねェ難題はございやせん」

「そうですね。徳四郎さん、百介に任せましょう」

「まことに、まことに、相すまぬことを……」

徳四郎はまたもや這《は》いつくばる。

猫を奪い返しに命がけで旗本屋敷へ乗り込みかねない徳四郎をよくよく諌《いさ》めて、結寿と百介はそれぞれの家へ帰って行った。

五

一進一退ながらも、お婆さまは快方に向かっている。

口にするものは重湯から粥《かゆ》になり、床の上に座って庭を眺める時間も日に日に長くなった。

ただし、お婆さまの目はうつろだ。庭であって庭ではないなにかを見ているような……。いや、なにも見てはいないのか。

あの囀るような声も、楽しげな饒舌も、影をひそめている。

結寿は日に何度もお婆さまを見舞った。

お婆さまはもう結寿を「ツキエどの」とは呼ばない。他人行儀に会釈をするか、でなければ黙殺するか、そのどちらかだ。

「気に病むでない。お婆さまがおかしゅうなられたのは老いと病のせいだ。猫のことなど、とうに忘れておられよう」

万之助は憂い顔の新妻を気づかった。

おやさしい旦那さま、わたくしは果報者だわ――。

結寿は思った。本心から思った。いつかこうして、さりげない気づかいや、なにげない思いやりを交わし合っているうちに、夫婦の心は寄りそい、かたく結ばれてゆくのかもしれない。

そのくせ、お婆さまの猫が長坂の旗本屋敷で飼われていることを、結寿は夫に話さなかった。隠すつもりはなかったが、なぜか、話す気になれない。百介や小源太、ゆすら庵や隠宅へ出入りする人々は、小山田家の妻女とはちがう、もうひとりの結寿の思い出として取っておきたいと、無意識に思っていたのかもしれない。

長坂町へ徳四郎を訪ねた日から数日後。

任せておけと言った百介からはまだ知らせがない。名案は見つかったのか。猫奪還作戦は進んでいるのか。

気を揉《も》んでいる結寿を、御門の警備から帰った万之助が手招いた。

「妙な噂を耳にした」

「妙な噂？」

「うむ。さる高貴なお方の猫が失せてしもうたそうな。真っ白な長い毛におおわれた愛らしい猫での、異国の血を引く珍重な猫らしい」

結寿はあッと声をもらした。

「お婆さまの猫ではありませぬか」

「おれもそう思う。が、噂では、お城で飼われていた猫ではないか、などと……」

「まァ、お城ですって」

では、将軍か大奥の姫さまの猫だというのか。

「はっきりとはわからぬ。探している者たちも飼い主の名を秘しておるそうで、それゆえ、かえって、お偉いお方の猫にちがいないと噂は大きゅうなるばかり」

「探している者たちとは、どなたですか」

「町方同心と火盗改方が手柄を競うておるそうだ。というても、あくまで内々の探索だそうでの、それもまた、憶測を呼んでいるのだろう」

お婆さまの猫が行方知れずになった時も時、将軍家の猫探しがはじまるとは、偶然にしてもできすぎている。万之助はしきりに首をかしげているが、結寿はもうその謎を解いていた。

これこそ、百介が考え出した名案にちがいない。

将軍家の猫がいなくなったと噂を広めれば、旗本も青くなる。後難を恐れて、向こうから猫を返してくるはずである。

百介ったら――。

結寿は忍び笑いをもらした。

けれど、どんなに名案でも、百介ひとりでは噂を広められない。そう。百介は強力な助っ人を動かしたのだ。結寿のために。

火盗改方はむろん、祖父の幸左衛門。だったら町方同心は……。

道三郎さまだわ――。

百介に助太刀を頼まれたとき、道三郎はなにを思ったか。忘れようとしていた痛みがたとえ疼《うず》いたとしても、道三郎はふたつ返事で引き受けたはずである。

動悸《どうき》がした。

結寿は頬に両手をあてた。

「どうした？　なんぞ……」

「いいえ。あまりの偶然に驚いたのです。だって……」

「そうよの。世の中にはふしぎな話があるものだ。いやいや、やはりあの猫、ふつうの猫ではあるまい。将軍家の猫とお婆さまの猫は、恐れ多きことだが、共に異国の血を引いている。互いに呼び合うて、示し合わせて出奔したのやもしれぬ」

そんな馬鹿な……と思ったが、結寿は真顔で相槌《あいづち》を打った。

猫は早晩、お婆さまのもとへ戻ってくるはずだ。

そして百介は、お婆さまへ猫を返す前に、徳四郎の娘に抱かせてやるにちがいない。

「ふつうの猫でないなら、あの猫は奇跡を起こせるやもしれませぬ。起こしてほしゅうございます。お婆さまのためにも、病と闘っている娘さんのためにも」

万之助はけげんな顔をする。

結寿は目を閉じ、両手を合わせた。

六

お婆さまの膝《ひざ》の上で、猫が丸くなっている。

秋のすきとおった陽射しが絹糸のような毛をきらめかせ、お婆さまは白光のかたまりを抱いているように見えた。

「ねえツキエどの、あの赤まんま、わたくしは三杯もいただきましたのよ。だからほら、もうすっかりようなって……」

お婆さまは両手を顔のあたりまで持ち上げて、くるくるまわした。

「ツキエどののもたんと召し上がらなければいけませんわ。あら、小豆《あずき》が足りない？　それなら、うちのをお持ちなさいな。いいえ、だめだめ、ツキエどのに寝つかれたら、わたくしも退屈してしまいます。お手玉だってできないし、綾取《あやと》りだって……ツキエどのしか、遊んでくださる相手はおりませんもの」

まわしていた手のひらはいつのまにか合わさって、お婆さまは首と一緒に右へ左へ動かしている。

「まァ、ホホホ……さようですねえ。この子がおりました。ええ、ええ、そうでしたわ。赤まんまを召し上がらなくても、この子を抱けば同じこと。この子にはふしぎな力があるんですって。長崎帰りのお人がそのように……」

お婆さまは合わせた両手を開いて、愛《いとお》しげに猫をかき抱いた。

猫は驚いてニャアとなく。

お婆さまの声は、唄《うた》うようにも囀るようにも聞こえた。笑いさざめくかと思えば涙ぐんだり、すねてみたり……少女めいた声音で語られる話はとりとめがない。

それでも――。

結寿は少し、お婆さまの胸のなかで錯綜《さくそう》している思い出がわかりかけていた。

結寿が生まれるずっと前、それはお婆さまがまだ少女だった頃だ。江戸で疫病が流行《はや》り、おびただしい数の子供が亡くなったと聞いたことがある。なぜか死ぬのは子供ばかり、ふるえあがった家々では魔除《まよ》けの赤飯を炊いて子供に食べさせたという。

お婆さまは、遊び相手の少女、ツキエを流行病で亡くしたのではないか。

悲しさ寂しさに号泣したお婆さまも、しょせんは子供、ツキエのことはいつしか忘れて思い出すこともなくなっていた。

けれど、思い出は消えたわけではない。心の奥で眠っていた。異国の血を引く猫はふしぎな猫、奇跡を起こす力があると聞いたとき、お婆さまはふと、なつかしさと愛しさ、郷愁と悔恨、そして、自分を置き去りにしていなくなってしまった怨めしさと共に、早世したツキエを思い出した。

おそらく、そんなことではないか。

「おお、よしよし。なんとまァ、愛らしい猫だこと。ね、ツキエどの。この子の名を教えてさしあげましょうか。ツキエ、というのですよ。ホホホ……あなたの名をいただきました。だってねえ、この子は、あなた、なのですもの」

お婆さまは独りでしゃべっていた。それでいて、ときおり結寿に目を向けて、この上なくやさしいまなざしを送ってくる。

猫が帰ってきたせいだ。

百介の話では、猫は幸左衛門の隠宅の庭にある山桜桃の根元でミャアミャアないていたという。迷い込んだのなんのと申し出れば、もしや、盗んだのではないかと疑われて大罪をこうむるかもしれない。旗本家ではどうしたものかと悩んだあげく、猫の探索に駆けまわっている元火盗改方与力、溝口幸左衛門の隠宅を探し当て、こっそり置いて逃げたのだろう。

ともあれ、百介の作戦は成功した。

結寿が思ったとおり、百介は小山田家へ猫を返す前に、長坂町の徳四郎の家へ立ち寄った。徳四郎の娘に猫を抱かせ、願わくば病を治してやりたい。それが無理なら、せめて愛らしい猫をひと目、見せてやりたいと思ったのだが……。

少女はもう息がなかった。


「ほらほら、ツキエどのも抱いてごらんなされ。あっという間にようなりますよ」

思い出のなかの少女に語りかけるお婆さまは、現《うつつ》の少女が死んでしまったとは知らない。それは救いでもあるけれど……。

「あら、お婆さま。どなたかみえましたよ」

人の気配がして、結寿は体の向きを変えた。

おときか、おかつか。

「徳四郎さんッ」

徳四郎は、敷居際で平伏していた。

愛娘《まなむすめ》を失って、今や徳四郎は独りぼっちだ。さすがに以前よりひとまわり痩せたように見えたが、挨拶をする声はいつもと変わらず穏やかだった。

小山田家の家人はだれも、徳四郎と猫とのかかわりを知らない。

「まァ、よう来てくれましたね。お婆さまがお待ちかねでしたよ」

結寿はことさらはしゃいだ声で言う。

「お婆さま。髪結いの徳四郎さんですよ」

もじもじしている徳四郎を招き入れた。

「おやおや、うれしいこと」

振り向いたお婆さまの、はなやいだ声、無邪気な笑顔……。

「おまえさまがみえないので、髪がくしゃくしゃですよ」

お婆さまはちょっと唇を尖《とが》らせてみせた。

「相すみやせん。ご無沙汰を、いたしやした」

徳四郎はお婆さまのうしろへまわる。びん盥を脇に置いた。

「どうぞ、お話をお聞かせください」

「おや、そうですか。さいですねえ。それでは、今日はこの子の、ツキエの話をいたしましょうか……」

お婆さまの肩に、徳四郎は手拭いを掛ける。その目尻にきらめく滴に気づいて、結寿もそっと、中指で目頭を押さえた。

雪見船

一

江戸に初雪が降った。

冬枯れて見るべきもののないへちま棚の桟にも、うっすらと粉雪が積もっている。

あれはそう、残雪の季節だった――。

結寿《ゆず》は縁側へ出て、雪の庭を眺めた。

路上の雪に足をとられて、ゆすら庵《あん》から出て来た女が転んだ。それがきっかけで、居合わせた結寿と道三郎《みちさぶろう》は悲しい事件にかかわることになった……。

結寿に小山田《おやまだ》家の嫡男《ちゃくなん》との縁談が持ち込まれたのも、あの事件の最中である。

今はもう、小山田万之助《まんのすけ》さまの妻――。

思い出を胸の奥へ押しやったとき、女中のお浜《はま》が話しかけてきた。

「今年は初雪が遅うございましたから、上野のお山にも大川の堤にも人がどっと押し寄せましょうよ」

　いつのまにか火鉢のかたわらに膝を寄せている。

　なにも文人墨客だけではなかった。初物好きの江戸っ子は、初雪が降るや、三囲《みめぐり》や不忍池、道灌山《どうかんやま》や牛天神など、雪見の名所へそれッとばかりにくり出して行く。料理屋で雪見酒としゃれたり障子船で大川をめぐったりするのは、豪商はむろんのこと、武家のあいだでも流行《はや》っていた。

「出かけなくても、雪景色は狸穴《まみあな》坂がいちばん」

　結寿は言い返した。

　坂の上から見下ろせば、白い波がうねっているように見える。狸穴坂からなら、綿帽子をかぶったような山桜桃《ゆすらうめ》の大木も、青磁色の帯のような掘割も、一望のもとに眺められる。

「ごめんですよ。坂だらけで歩きづらいったらありません。八百膳《やおぜん》、とまではいかなくても、雪見はお座敷でさしつさされつ……」

「おや。お浜も雪見酒としゃれたことがあるのですか」

「そりゃ、わたしだって……これでもね、若い頃はご新造さまと呼ばれていたこともあるんです」

「あら、そう」

「雪見酒くらい……」

お浜が心もち胸をはるのを見て、結寿は首をすくめた。

お浜は出戻りだと聞いている。尊大で口うるさい今の姿からは想像しづらいが、お浜にも初々しい娘時代や胸のはずむ新婚時代があったのだろう。花見や雪見に浮かれたことだって、あったにちがいない。

さしつ、さされつ……。

まぶたに浮かんだ幻を振り払って、結寿は庭へ視線を戻した。

「冷たい風にあたるとお体に毒でございますよ」

言い返すのもめんどうなので、結寿は少し手荒に障子を閉める。

「やれやれ、ようございました。ご新造さまにお風邪《かぜ》をひかれては一大事、さ、火鉢におあたりくださいまし」

お浜はあとずさりをした。

「寒うはありませぬ」

「では、白湯《さゆ》でもお持ちいたしましょう」

喉は渇いていなかった。が、いっときでも出て行ってくれるというなら大歓迎だ。疎んじてはいけないと思うものの、正直なところ、お浜には辟易《へきえき》している。

武家の妻女はなににつけ不自由だった。狸穴町の借家で祖父や百介《ももすけ》と自由気ままに暮らしていたせいで、なおのこと、そう思うのかもしれない。

結寿は縫いかけの綿入れを取り出した。

膝元へひろげる。

寒さを感じるようになって、真っ先に縫ったのは夫の袷《あわせ》。その次がお婆さまの綿入れのちゃんちゃんこで、三番目のこの綿入れは祖父の幸左衛門《こうざえもん》のためのものだった。

祖父にはしばらく会っていない。

これを届ける頃は、坂道に雪が積もっているかもしれない。転ばないよう慎重に下りて行けば、思う存分、道三郎との思い出にひたれる。

狸穴坂を上り下りするあいだだけは小山田家の嫁であることを忘れて道三郎を想《おも》う……不謹慎となじられても、今の結寿にとって、それはよき嫁よき妻でいるために欠かせない息抜きだった。

いいじゃないの――。

結寿は少女のように唇を尖《とが》らせる。道三郎への想いを胸に抱いているからといって、万之助を大切に思う心に変わりはないのだから。

お祖父《じい》さまの綿入れを縫い終えたら、旦那さまの襦袢《じゆばん》を縫わなければ――。

御先手組《おさきてぐみ》は真冬も御門の警備に駆り出される。綿入れを着るわけにはいかないので、防寒には襦袢を重ね着する。

雪の気配に耳を澄ませながら、結寿は針仕事をはじめた。

二

「ご一緒に雪見をいたしましょう」

万之助の上役、弓組頭の妻女から思わぬ誘いを受けたのは、あっさり消えてしまった初雪ではなく、二度目の雪が庭を白一色に変えた朝だった。

「せっかくのお誘いだ。つきおうてさしあげなさい」

万之助に言われた。

「はい。でも……」

結寿は当惑した。もちろん知り合いではある。婚儀の際も、そのあと挨拶におもむいた際も、親しく言葉をかわしていた。

とはいえ、それ以上のつき合いではない。一緒に雪見をして、いったいなにを話せばよいのか。雪見という風流事の相手に名指しされたのが、なにやら唐突に思えて腑《ふ》に落ちない。

「行きとうないのか」

「いえ、そうではありませぬ」

「御組頭《おくみがしら》のご妻女は千里《ちさと》さまと仰せで、あまり外出をなさらぬお人と聞く。話し相手がおらぬゆえ、そなたに白羽の矢をたてられたのだろう」

「お寂しいお人なのですね。では、わたくしもそのつもりで、お話し相手をつとめさせていただきます」

結寿は失礼のないよう、友禅染の小袖を着ることにした。裾に竹と雀《すずめ》が描かれた、地味ながらも上品な路考茶色《ろこうちゃいろ》の着物は、こんなときに重宝する。

「大川端の花瀬《はなせ》なら、粋人のあいだで評判だそうですよ。近所には船宿もあって、障子船なんぞも出るそうですから……」

早速、お浜が知ったかぶりをした。

ちょうど仕度ができた頃に、花瀬から迎えの駕籠《かご》が来た。

女同士の雪見だから、御酒はかたちばかり、昼餉《ひるげ》をいただきながら隅田川の雪を見ると聞いている。

結寿とお浜は、いそいそと駕籠へ乗り込んだ。

大川の堤には料理屋や船宿が点在している。春は桜、秋は紅葉、夏は花火見物で冬は雪見と、客足がとぎれることはない。

花瀬は、お浜が言ったとおり、粋な造りの料理屋だった。入り口は大川とは反対側にある。生け垣のマサキや前庭に植えられた枝ぶりのよい松が雪化粧をしているので、緑と白の対比がことさら美しく、風情があった。

「奥さまはお二階でお待ちにございます」

ふくよかな女将《おかみ》に出迎えられて、主従は店へ上がる。

「お付きのお女中さまには、別室にてお膳をご用意しております」

主《あるじ》に気をつかわなくてよいように、との配慮だろう。訊《き》けば、千里を送って来た下僕はとうに帰り、頃合いを見はからってまた迎えに来ることになっているとやら。

「それではなんだか申しわけが……」

「いえ。奥さまがぜひにと仰せですから」

「ではお浜、おまえも骨休めをなさい」

「ありがとう存じます」

お浜と別れ、結寿は二階へ上がった。

「こちらでございます。奥さま、お客人がおいでになられました」

女将が大川に面した座敷の障子を開ける。

千里は欄干に身を乗り出して、雪景色を眺めていた。振り向いた顔は、寒気のせいか上気している。

「よう、おこしくださいました」

手を取りこそしなかったが、千里が心底、喜んでいるのがわかった。

「こちらこそ。お招きに預かりまして、うれしゅうございます」

結寿は両手をついて挨拶をする。

「お寒うございましょ。さァさァ、お炬燵《こた》へ。それでもお寒いようなら、こちらに褞袍《どてら》もご用意してございます」

女将が二人をうながした。

障子を開け放っているから、たしかに寒い。

「すぐに燗酒《かんざけ》をお持ちいたしましょう」

「お膳も一緒に」

「はい。承知しております」

女将は廊下側の障子を閉めて出て行った。

結寿と千里は、あらためて炬燵《こたつ》ごしに目を合わせる。

「ほんに、ようういらしてくださいました。急な話で、もしや、ご無理ではないかと案じていたのです」

千里はもう一度、礼を述べた。

結寿より十歳近く年上だと聞いている。それでもまだ二十代のはずで、それにしては、なんとはなし疲れた顔をしていた。悩みでもあるのか。

奥さまは、ほんとうに、雪見のためにわたくしをお招きくださったのかしら——。

結寿の胸には早くも疑問が芽生えていた。

むろん、よけいな詮索はできない。

「こんなふうに贅沢《ぜいたく》に雪を見るなど、わたくし、はじめてですわ。ここからだと、対岸の雪景色が絵のように美しゅうございますね」

「さようですね」

「まァ、船もずいぶんたくさん……昼間から灯《あか》りをともしている船もあるのですね」

「ええ……」

大川へ顔を向けてはいるが、千里の目は戸外の景色を眺めているようには見えない。結寿が話しかけても上の空。なにやらそわそわしているような……。

だったらなぜ、雪見をしよう、などと誘ったのか。

意を決して訊《たず》ねようとしたとき、足音が聞こえ、仲居が燗酒と膳を運んできた。膳には彩りの美しい、手の込んだ料理が並んでいる。

「御酒がのうなりましたら、そこの鈴を鳴らしてくださいまし」

ごゆっくり……と辞儀をして仲居が出て行くや、千里は一変した。

炬燵から出て、畳に両手をつく。

「結寿どの。お願いがございます」

結寿はびっくりした。そのくせ胸のどこかで、千里の顔を見たときからわかっていたような気もした。

　結寿も炬燵を出て、居住まいを正す。

「わたくしにできることでしたら、喜んで」

　千里は安堵《あんど》の息をついた。が、よほど言いにくいことなのか、次の言葉を口にするのをためらっている。

「どうぞ、なんなりと仰せください」

　ええ……とうなずいたものの、なおも口ごもり、空咳《からせき》などした上で、

「突然、お呼び立てして、かようなお願いをいたしますのは、まことにお恥ずかしいのですが……どうにも、他に手立てがなくて……」

　千里はすがるような目で結寿を見た。

「どうか、お助けくださいまし」

「わたくしが奥さまを……お助けできるのですか」

「ええ」

「なればむろん……」

「だれにも言わぬと、お約束いただけましょうか」

「はい。申しませぬ」

　千里は背中を起こした。

「一刻《いっとき》ほど、いいえ、そんなにはかかりませぬ。ここでお待ちくださいませぬか。そして今日は、わたくしと一緒に雪見をしていたことにしていただきたいのです」

結寿は息を呑《の》んだ。

「どなたさまか、お逢《あ》いになりたいお人がおられるのですね」

考えるまでもなかった。組頭の妻は結寿の助けを借りてだれかと――おそらく想いを寄せる男と――忍び逢おうというのだろう。

本来なら、許されることではない。

千里は目を逸《そ》らせた。

「結寿どのの、仰せのとおりです」

そこでまた、ぐいと目を上げる。

「悩み抜いた末のことです。くわしゅうお話ししている暇はありませぬ。が、そのお人は遠縁の幼なじみで、かつては想いおうておりました。なれど誤解なさいませぬよう……。嫁いでのちは、二人きりで逢うたことはありませぬ」

「でしたらなぜ……」

「粗相があり、甲府勤番《きんばん》を仰せつかったそうです。となれば、二度と江戸へお戻りにはなれますまい。もはや、お逢いすることも叶《かな》いませぬ」

甲府勤番とは甲府城の警備をする役目で、全員ではないものの、その多くは懲罰の意味合いで送り込まれることになっていた。いったん甲府へ出向させられれば、まず江戸へは帰れない。

　男は近くの船宿で待っているという。

「どうか、なにとぞ……」

　千里は両手をついた。

　結寿は狼狽《ろうばい》している。

　承諾すれば、逢い引きに加担したことになる。万が一、何事かあった場合、知らなかったでは済まない。まさかとは思うものの、思いつめた男女が駆け落ちしたり心中したりするのはよくあることだ。

　結寿の不安は、千里も承知の上だった。

「結寿どのにご迷惑はかけませぬ。お別れのご挨拶をするだけ、それで、今生《こんじょう》の心残りものうなります」

　道三郎との悲恋の思い出がなかったら、断っていたかもしれない。けれど結寿には、千里の気持ちが痛いほどわかった。

　道三郎が遠国へ行ってしまう、二度と逢えぬとなったら、やはり、なんとしてもひと目、逢いたいと思うはずである。

「わかりました。こちらのことはわたくしにお任せを」

は、花瀬まではそう遠くない。船宿の主は心得たもので、酒肴の支度もすぐに整えてくれるだろうし、

「そうと決まれば、早いほうがようございます。さ、奥さま……」

千里は花瀬に何度か来たことがあるという。裏手の階段を下りれば裏木戸、裏道を抜ければ船宿までいくらもかからない。大川の堤には雪見客が行き交っているはずだから人目にもつかないと、千里は結寿を安心させた。

「では、よろしゅうお願いいたします」

千里は出かけて行った。

結寿は独り、雪景色を眺める。

思いがけない出来事に、まだ夢のなかにいるようだった。

今、千里さまは裏道を歩いている頃か。さぞや胸を昂《たかぶ》らせておいでのはず。いえ、もう船宿に着いているかもしれない。今頃は、幼なじみの想い人と手を取り合って……。

結寿は頰に手をやった。

まるで自分が千里になったかのように胸がときめいている。

物思いにふけっていたので、足音に気づかなかった。障子ごしに「奥さま」と呼ばれて飛び上がりそうになる。

「なんですか」

かろうじて平静をよそおい、障子を閉めたまま訊ねた。

「御酒をおつけいたしましょうか」

「いいえ。御酒はもうけっこう。用事があれば鈴を鳴らします」

「おじゃまいたしました」

仲居は去って行く。

結寿はほっと息をついた。

夢から覚めたように箸を取る。料理に手をつけなければ、店の者になにをしていたのかと不審がられる心配があった。心を落ち着けるためにも、食べながら待っていたほうがよい。

とはいえ、料理を味わう余裕はなかった。

おかしな雪見だこと――。

胸がざわめいていた。一方で、叶わぬ恋の手助けをしているのだと思うと、自《おの》ずと丹田に力が入っている。

「奥さま。せめてひととき、存分にお過ごしください」

なにやら切なくなって、結寿は飲めもしないお酒に手を伸ばした。

もし、そのまま何事も起こらなければ、結寿はこの日の雪見を甘酸っぱい感傷と共に胸に収め、ときおりそっと取り出しては羨望《せんぼう》とも憧憬ともつかない吐息をもらしていたにちがいない。

三

ところが、事態は一変した。

どのくらいたったたか、そろそろ千里が戻って来るのではないかと耳を澄ましていたときである。あわただしい足音が聞こえた。

「奥さまにお迎えが参りました」

障子の向こうで女将が息を切らしている。

結寿は動転した。なんのことかわからず、とっさには声が出ない。

「奥さま。お急ぎください」

「どうしたのですか。なにがあったのです?」

「江原さまがお倒れになられたそうで……たった今、知らせが……」

江原新左衛門は千里の夫、弓組の組頭である。

「倒れた?　おかげんがお悪かったのですか」

「さァ、そのようなことは……」

女将はそこで口をつぐんだ。なぜ千里が答えないのか。結寿が話していることに、妙な……と気づいたのだろう。

「あのう、奥さまは……」

「厠《かわや》です」

「ではお知らせを」

「わたくしが参りますッ。酔うておられます。驚かせてはなりませぬ」

「は、はい……」

「それよりお浜を……わたくしのお付きの者を呼んでください」

「お迎えのお駕籠はいかがいたしましょうか」

「待たせておおきなさい」

女将が遠ざかる足音を聞きながら、結寿は思案をめぐらせた。

ここはなんとしても、穏便に収めたい。倒れた――というのがどういうことかはともかく――当人のためにも、よけいな心配はさせたくなかった。

ともあれ、奥さまにお知らせしなければ――。

千里の心がどちらに向いているにせよ、長年つれそった夫婦である。夫の大事に逢い引きをしていて間に合わなかった……では、きっと生涯、悔やむことになる。

「お浜。お入り」

駆けつけたお浜を、結寿は座敷へ引き入れた。

千里がいないので、お浜はけげんな顔をしている。

「江原さまのこと、聞きましたね」

「はい。奥さまはいずこに……」

「お浜。よけいなことを言うてはなりませぬ。わたくしの言うとおりにするのです。いいですね」

日頃の結寿はお浜に頭が上がらない。実家から送り込まれた女中は、結寿のお目付役を自認していて、きついことの言えない主《あるじ》を少しばかり軽んじているようなところがあった。

が、今はちがう。結寿のまなざしは気迫に満ちていた。有無を言わさぬ口調である。

「おまえの主はわたくしです。約束なさい」

「は、はい」

「迎えの者にお言いなさい。奥さまは我が主共々、船に乗っているので知らせようがない。戻ったらすぐにお連れするから、それまで待つように……と」

「船に……で、ございますか」

「わけはあとで話します。とにかく待たせておくのです。わたくしが奥さまをお探しするあいだ……」

　お浜は目をみはった。

「どこにおられるか、わからぬのでございますか。いったいどういう……」

「問答無用と言いました」

「はい。ですが、それなら、わたしもご一緒に……」

「言うとおりにするのですッ」

「はいッ」

「奥さまがいないことは、だれにも悟られてはなりませぬ」

　迎えの者に伝えたらこの場へ戻り、だれもなかへ入らぬよう死守しなさいと言われて、お浜は強《こわ》ばった顔でうなずいた。退出しようとして振り向き、両手を泳がせる。

「女将に訊かれたらなんと申しましょう？」

「袖の下があるでしょう。こういうところの女将なら、なんとでもなるはずです」

　ぐずぐずしてはいられなかった。結寿はお浜を追い立て、廊下へ飛び出した。裏手の階段を下りて使用人用の下駄《げた》を履き、裏木戸から表へ出る。

　問題はそのあとだった。

　千里からは「近くの船宿」としか聞いていない。一軒ずつ訪ね歩くのはよいとして、千里が本名で船宿に上がり込んでいるとは思えなかった。男女の逢い引きに使われるような店は口が堅いから、探し当てるのは至難の業だ。

しかも船宿である。万が一、船で大川へ出ている心配もあった。

いいえ、それはないわ——。

結寿は首を横に振った。つかの間の逢い引きなら、わざわざ船に乗り込んで大川へ漕ぎ出す余裕はないはずである。大川には雪見船が行き交っている。人に見られる危険もある。

あァ、こんなときに、百介がいてくれたら——。

結寿は、祖父の小者《こもの》のひょうきんな顔を思い浮かべた。元幇間《ほうかん》の百介なら、なにかとっぴょうしもない策をひねり出してくれるにちがいない。たとえば、船宿の表で即興の唄《うた》をうたって急を知らせるとか……。

いつまでも思案してはいられなかった。しかたがないので、片っ端から船宿を訪ねることにした。

一軒目二軒目は体よく追い出された。雪見はかき入れどきだから、銭にもならない客は迷惑顔をされるだけだ。

これではお手上げだわ——。

花瀬へ戻って、待つしかなさそうだ。千里は必ず戻ると約束をした。こうしているあいだにも、戻っているかもしれない。

きびすを返そうとしたときだった。目の先にもう一軒、小さな船宿が見えた。見るからに寂《さび》れた宿である。

訪ねてみることにした。なぜか、そうしなければならないような気がした。なにかが、結寿の足を急《せ》かしている。

船宿の戸は開いていた。なかへ入ると、待ちかまえていたように女が出てきた。四十そこそこの、こすからそうな女だ。

「船なら出払ってるよ。それとも待ち合わせかい」

女は値踏みする目で、結寿を爪先から頭の先まで眺めまわした。

結寿は、もう気づいていた。

ちっぽけな土間の隅に、男物の下駄と女物の草履が並んでいる。草履に見覚えがあった。玄関に置いてきた草履を取りにゆくわけにはいかないので、千里は持参してきた包みから新しい草履を出して持って行った。そう。この草履にまちがいない。

「そこの草履の女性に言づてをお願いしたいのです」

「それはちょっとねえ……」

女は思わせぶりに段梯子《だんばしご》を見た。玄関を上がってすぐの右手に段梯子があり、二階へ上がれるようになっている。

「急を要することなのです」

結寿は四文銭《しもんせん》を見せた。

女は、受け取ろうかやめようかと迷っている。

「そう言われたってねえ……」

「ではこうしましょう。用件を紙に書きます。障子の隙間から入れてください」

「わかったよ」

女は銭をひったくった。

——ご主人が倒れたと知らせがありました。迎えが待っています。

走り書きをして「結寿」と署名をする。

女が紙をつかんで段梯子を上がって行くのを見とどけて、結寿は表へ出た。うしろは振り向かない。花瀬の裏木戸まで急ぎ足で戻る。

言づてを見てどうするかは、結寿の考えの及ばぬことだった。やるべきことはやった。あとは千里に任せるしかない。

裏木戸のかたわらに突っ立ったまま、結寿は、自分ならどうするか……と考えた。片や遠国へ旅立つ恋人、片や急な病に倒れた夫。夢と現《うつつ》、未練と罪悪感、女である自分と家刀自《いえとじ》である自分のはざまでゆれまどう心……。

今、千里の心は千々に乱れているはずである。

右か左か。

女には……いえ、だれにもそういうときがあるのだわ、いやでも、心を決めなければならないときが――。

唇を嚙《か》む。と、そのとき、千里が小走りに駆けて来た。

「結寿どのッ、結寿どのッ」

髷《まげ》がゆがみ、裾が乱れている。よほど動転しているのだろう、それでも千里の双眸《そうぼう》には決然とした色があった。

「江原の容態は？」

「わかりませぬ。奥さまとわたくしは船で大川へ出ていることになっています」

「助かりました。これも結寿どのの機転のおかげ……」

木戸をくぐろうとする千里を、結寿は呼び止めた。どうしても、訊いておきたいことがある。

「もう、よいのですか。お心は鎮まったのですか」

千里は足を止め、結寿の目を見返した。

「ここだけの話ですが……」と、しばし言いよどんでから、虚空の一点を見つめる。

「わたくしは結寿どのに嘘《うそ》をついておりました」

「え？」

「結寿どのの走り書きを見なければ、おそらく、道を誤っていたでしょう。今、ここには、いなかったはずです」

茫然《ぼうぜん》としている結寿とは目を合わせず、千里は花瀬の玄関へ向かって足早に歩きはじめた。

四

積雪はとうに消えている。

といっても、本格的な雪の季節はこれからだ。二度三度と雪が降るうちには雪景色など珍しくもなくなって、江戸中が春の訪れを待ちわびるようになる。

十一月も終わりに近づいた午後、結寿は夫の万之助と江原家を訪ねた。

江原新左衛門を見舞うためである。

江原が倒れたのは当番の日で、坂下御門の警固をしている最中だった。雪がやんだとはいえ、その日は底冷えのする曇天。江原は数日来、将軍参詣の警固の準備に追われていたというから、疲れと寒さが発作の引き金になったのかもしれない。

「一時は大騒ぎだったがの、幸い一命を取り留めた。医者の話では、順調に快復しておられるそうだ」

結寿は万之助から、経過を教えられていた。

当日も一緒にいた万之助とちがって、結寿ははじめての見舞いだ。千里とも雪見の日以来、会っていない。

書院でしばらく待たされた二人は、江原の居室へ案内された。組頭ともなれば見舞客が多いのか、座敷は整然として塵《ちり》一つなく、床の間へ生けられた寒椿《かんつばき》がひときわ鮮やかである。

江原は床の上に半身を起こしていた。かたわらに千里がいる。千里は甲斐甲斐《かいがい》しく、夫がはおった綿入れの按配《あんばい》を整えてやっていた。

「おう、わざわざすまぬの」

江原は万之助と結寿夫婦に温和な顔を向けた。

「お顔の色がようなられました。これなれば全快も間近にございましょう」

万之助は見舞いの言葉を述べた。斜めうしろで結寿も辞儀をする。

「いや。そうもゆかぬのよ。手指がの、しびれておる」

江原は右手を突き出した。動かそうとしているようだが、人差し指と中指の先がわずかに動くだけだ。

「これではご奉公もなりがたし」

「じきにようなられましょう。しばらくのご辛抱にございます」

「辛抱と言うが、まったく不便な話よ。これがおらねばなにもできぬ」

江原は顎で妻を差し示した。

千里は柔和な笑みを浮かべている。どこから見ても夫唱婦随、控えめで貞淑な妻そのものだった。

この千里が、夫をたばかって船宿で幼なじみと逢い引きしていた女だとは、いったいだれが信じようか。もしあの場に居あわせなかったら、結寿もそんな話など笑い飛ばしていたにちがいない。

江原は万之助から結寿に視線を移した。

「ご妻女にも迷惑をかけた」

「いえ、迷惑などと……」

「こちらから呼び立てておきながら、雪見を台無しにしてしもうた」

「さようなことはありませぬ。お膳も美味《おい》しゅうございましたし、なにより雪景色が素晴らしゅうて……」

結寿が言いかけると、千里はおっとりとうなずいた。

「船は寒うございましたが……ねえ、結寿どの」

「は？　はい。お風邪を召されなければよいがと案じておりました」

結寿はその場を取りつくろう。

するとと、千里は忍び笑いをもらした。つつましい笑い方なのに、なぜか、寒椿に負けず劣らず艶めいて見える。

「風邪などひくものですか。わたくしが寝込めば、旦那さまがお困りになられます」

江原と千里はちらりと目を合わせた。だれが見ても仲むつまじい夫婦そのものだ。

結寿は狐《きつね》につままれたような心地だった。

あの日、血相を変えて駆けてきたとき、千里はたしかに言った。結寿が船宿を探し当てて急を知らせなければ、あのまま帰らなかったかもしれない……と。

もしや駆け落ちをするつもりだったのか。それとも、心中するほど思いつめていたのだろうか。

むろん、魔が差すことはだれにもある。

「お疲れになられましょう。われらはこれにて」

万之助が暇《いとま》を告げた。

「くれぐれもご無理をなさいませぬように」

結寿も挨拶をして腰を上げる。

千里は玄関まで二人を送って来た。

「見舞いのお品までいただき、ありがとう存じました」

式台に手をついて礼を述べる姿も、下僕に指図をして履物をそろえさせる姿も、落ち着き払っていて、まごうことなき組頭の妻女である。

「どうした？」

帰り道で万之助に訊かれた。

訊かれたことに、結寿は驚いた。

「なにが、ですか」

「いや。むずかしい顔をしておるゆえ」

「さようなことはありませぬ」

「なればよいが……」

二人は黙々と歩く。

家へ帰り着いて門を入るとき、万之助はふっと足を止めた。

「雪見にゆくか」

結寿は目を瞬《しばたた》く。

「どうせなら大川の障子船がよいの」

「船……」

「そなたは乗っておらんだろう。だから、乗せてやる」

万之助はさらりと言った。

「なにゆえ、それを……」

「組頭のご妻女はなかなかのお人だ。肝《きも》がすわっておられる」

あっけにとられている結寿を残して、すたすたとなかへ入って行く。

旦那さまのお目は鋭い――。

温厚で凡庸と思っていたのは、もしや、早合点か。

棒立ちになったのは一瞬、結寿はざわめく胸を鎮め、夫のあとを追いかけた。

盗難騒ぎ

一

啓蟄《けいちつ》は、土中で冬眠をしていた虫たちが地表へ這《は》い出して来る季節。残雪もようやく消えて、下萌《したも》えの庭を、育ちきらないトカゲがちょろちょろと動きまわっている。

じっとしていられないのは人間さまも同じだ。

もっとも、気のはやりが裏目に出ることもあるようで……。

「まァお気の毒に。さぞや痛がっておられましょうね」

結寿《ゆず》は胸に手をあてた。

「いえ。さすがは旦那さま、お顔をしかめていらっしゃるだけで、痛いとは口が裂けてもおっしゃいません。とはいえ、お骨が折れているそうでございますから……」

百介《ももすけ》は口をへの字に曲げて首を振る。

二人は、麻布市兵衛町《あざぶいちべえ》にある、小山田《おやまだ》家の客間で向き合っていた。

元火盗改《かとうあらためかた》方与力、溝口幸左衛門《みぞぐちこうざえもん》の小者《こもの》は、小山田家へ嫁いだ孫娘のもとへ、主《あるじ》の災難を知らせに来たところだ。かつては幇間《ほうかん》だったというお調子者も、この日ばかりは、早春の陽気に浮かれる様子もない。

「それにしてもどうして……。塀から落ちるなんて、なにをしていらしたのですか。まさか捕り物ではないでしょう? お祖父《じい》さまはもう捕り物には首を突っ込まぬと仰せでしたよ。だいたい、おまえがついていながら……」

幸左衛門は隠居である。本人はまだ若いつもりで捕り方指南などしているが、手順や形の指導はともかく、実践ではもう若者にかなわない。

その祖父が塀から落ちて足を折ったと聞けば、驚かずにはいられなかった。

矢継ぎ早に言われて、百介は両手を泳がせる。

「これには、わけがありますんで……」

「それは、ありましょうとも」

結寿が頰をふくらませるのを見て、百介は忍び笑いをもらした。

「なにがおかしいのですか」

「お嬢さまはご新造さまになられてもちっともお変わりになられません。いえいえ、そんなことより……島田さまのお蔵が荒らされた話はご存じでござんしょう?」

「むろんです。ご近所ですもの」

事件があったのは十日ほど前で、深夜、旗本屋敷へ忍び入った賊は、先祖伝来の銘刀や花器など値打ち物ばかりを盗み出した。幸い家人は寝ていて無事だったが、事件のあと、門番をしていた中間《ちゅうげん》の姿が忽然《こつぜん》と消えていたという。

「たしか広尾でも、盗難がありましたね」

「へい。久保寺さまでもやはり銘刀が……こちらは賊の仕業ではなく、やめさせられた中間が腹いせに持ち逃げした、との噂《うわさ》がございます」

「では、ふたつの事件はかかわりがないのですね」

「そうとも申せません」

百介は大仰に眉をひそめた。

いずれの事件も中間がからんでいる。

中間とは、必要に応じてその都度雇われる、武家の奉公人のことだ。禄を与えなければならない家臣とちがい、安上がりなので、暮らし向きの苦しい武家は中間を雇って、門番や小者の役割を担わせている。

「問題は、中間、にございます」

二件の盗難にかかわる中間の素性を調べたところ、二人とも、幸左衛門の隠宅の大家でもある口入屋《くちいれや》、「ゆすら庵《あん》」の斡旋《あっせん》で、武家屋敷へ奉公していた。きちんとした紹介状を持っていたというから口入屋に落ち度はないものの、信用で成り立っている商売、悪影響を及ぼしはしないかと、主《あるじ》の傳蔵《でんぞう》は頭を抱えているという。

「わかりました。それで、お祖父さまは手をこまぬいてもいられず……」

幸左衛門は、竜土《りゅうど》町にある溝口家へは頑として帰らず、結寿が嫁いでしまったあとも気ままな隠居暮らしをつづけていた。それができるのは、傳蔵一家が親身に世話を焼いてくれるからだ。偏屈な幸左衛門も、傳蔵とその家族には多大な恩を感じていた。

「でも、どうして……いったいどこの塀から落っこちたのですか」

「実は、島田家の探索をしておりました」

「それなら堂々と……」

隠居の身とはいえ、幸左衛門は火盗改方与力だった頃、剛腕で知られていた。塀を乗り越えて忍び込まなくてもよさそうなものだと結寿は思ったのだが……。

「島田家は訴えを引っ込めてしまいました」

「それでは、火盗改方は、賊の探索をしていないのですか」

「へい。中間が怪しいと噂だけは流れましたが……そこで、お調べはチョン」

家宝の銘刀を盗まれたとあっては、武家の名折れだ。はじめから事件そのものを闇に葬ってしまうなら、それはそれでわからなくもない。ところが、いったんは蔵を荒らされたと騒ぎ、そのくせ途中で探索を打ち切らせるとは、おかしな話である。

「なんと申しましても、災難はゆすら庵でございます」

うやむやにしてはおけぬと、血の気の多い幸左衛門が探索に乗り出した。

そこまで聞いて、結寿も合点がいった。

「旦那さまにお許しをいただいて、わたくしも看病にうかがいます。お祖父さまには、ご無理をなさらぬように、と伝えてくださいい」

百介と一緒に出かけたいところだが、人妻になった今はそうもいかない。

結寿の夫の万之助《まんのすけ》は話のわかる男だから、よもや祖父の見舞いに難癖をつけるとは思えない。が、結寿は、以前にもまして、身を慎むよう気をつけていた。

というのは、昨年末にちょっとした事件があったからだ。心ならずも、組頭の妻女の浮気を手助けするはめになってしまった。このとき、なにも知らないはずの万之助が口にした言葉に、結寿はっとした。もしや、すべてを見通していたのではないか……。

万之助は、凡庸でおっとりしているだけの夫ではない。今はそんな気がしている。

「お嬢さまのお顔を見れば、旦那さまもようなられましょう」

百介を送り出すや、結寿は女中のお浜《はま》を呼び、手文庫の中の持参金を渡して買い物を頼んだ。嫁は婚家に遠慮がある。実家のことで散財はさせられない。

「なにか精のつくもの……そうね、卵と、それに小豆《あずき》がいいわ。お祖父さまにお汁粉をつくってさしあげましょう」

万之助は与力見習いのお役目に出かけている。

離れに住んでいるお婆さまと編み物をしながら、結寿は万之助の帰宅を待った。

二

小山田家は狸穴《まみあな》坂の上、幸左衛門の隠宅は坂の下。いくらも離れていないのに、坂を下り、隠宅の庭にある山桜桃《ゆすらうめ》の大木が見えただけで、結寿の胸はなつかしさでいっぱいになった。

短い月日ではあったが、いちばん多感な娘時代を過ごした家である。なにより、切ない恋の思い出が詰まっていた。

これまで、できるだけ足を向けないよう、長居をしないよう心がけてきたのは、思い出と向き合う勇気がなかったからだ。

隠宅はゆすら庵の裏手にあった。路地を入ろうとすると、

「姉ちゃんッ」

と、威勢のよい声に呼び止められた。

結寿を姉ちゃんと呼ぶのは小源太《こげんた》、傳蔵・てい夫婦の三人の子供の末っ子で、名うての腕白小僧である。

「おや、小源太ちゃん。元気でいましたか」

結寿は笑顔になった。

「見りゃわかるだろ。それにさ、いいかげん小源太ちゃんってのはよしてくれ」

小源太がすねて見せるのは、結寿が小山田家に嫁いだことに、いまだこだわりがあるからだろう。小源太は置いてけぼりにされたような気がしている。いや、結寿に、ほんとうは妻木道三郎《つまきみちさぶろう》と夫婦になってほしいと願っていたのだ。

「だったら小源太どの。わたくしももう姉ちゃんではありませぬよ」

「フン。姉ちゃんは姉ちゃんだい。なんとか家のご新造さま、なんて、呼べるかよ」

もともと行儀も言葉づかいも乱暴だったが、結寿がそばにいなくなったので、よけいひどくなったようだ。それでも近頃は家業を手伝っていると聞いている。接客には礼儀がだいいち。結寿の前でだけ、わざと悪ぶっているのかもしれない。

いずれにしても、ついて来ようとしたお浜を振り切って独りで来たのは幸いだった。お浜がこの場にいたら、早速、小源太と一戦まじえていたはずである。

「それよか、なにしに来たんだ？」

「お祖父さまの看病に来たのです。二、三日はおそばについていようと思うのですよ」

「ふうん……」

小源太は表情を和らげた。

「それ、なんだ？」

「卵と小豆。卵はおまんまのときに。小豆はお汁粉に。お祖父さまはお汁粉が好物ですから。小源太どのの分もありますよ」

小童《こわっぱ》は一変、上機嫌になる。

「そんなら、いいこと、教えてやらァ」

「いいことって？」

「姉ちゃんの祖父ちゃんが捜してたってやつ……」

「島田さまの家からいなくなったという中間ですね」

「ウン。おいら、そいつを見かけたぜ」

「見かけたって、いつ？　どこで？」

「今朝。稲荷《いなり》の境内で」

人目につかない雑木林のなかで、数人の武士《さむらい》にかこまれていたという。

小源太が早朝、馬場丁稲荷へ詣でたのは、母のていから頼まれたためだった。ゆすら庵の窮状を救おうとしていた幸左衛門が怪我《けが》をした。ていは胸を痛め、毎朝、幸左衛門の怪我がよくなるように、稲荷へ詣でていた。今朝はていが持病の頭痛に悩まされていたので、小源太が代参に行かされた。

「よく島田家の中間だとわかりましたね」

「あったりめェさ。おいらが世話してやったんだ」

小源太は胸を張る。多少の誇張はあるにせよ、中間がゆすら庵で仕事を得たなら、小源太が顔を知っていてもふしぎはない。

それにしても、島田家が盗難にあった夜以来、中間は行方知れずだった。どこへ隠れていたのか。稲荷でいったいなにをしていたのだろう。

結寿は小源太に訊《たず》ねた。

「知らねェや」

小源太はあっさり首を横に振った。

なにやら言い争っているようだったという。眺めていたら、なかの一人ににらまれたので逃げ出した。

「派手な格好をした、偉そうなお武家の兄ちゃんでさ、いやーな目つきしてたっけ」

逃げ出してよかったと、結寿は胸を撫《な》で下ろす。

「よう教えてくれました。でも、いいですね、くれぐれも危ないことをしてはなりませぬよ」

「わかってらィ。それよりお汁粉……」

「できたら呼びに行きます」

言ったときにはもう、小源太はくるりと背中を向けている。

「竜土町からはだれも来ないのですか」

幸左衛門の枕辺で薬を呑《の》ませながら、結寿は訊ねた。

「フン。来るものか。知らせてもおらぬのだ」

「旦那さまがなんとしても知らせるなとおっしゃいますので……」

百介は身をちぢめた。

「大騒ぎをされてみろ。治るもんも治らぬ」

ここにも、小源太に劣らず厄介な老人がいた。結寿はやれやれと苦笑する。

もっとも、結寿も、竜土町にいる継母は大の苦手だ。だからこそ祖父のもとで暮らしていた。知らせずに済むなら、あえて知らせる気にはならない。

「とんだ災難でしたね。小山田でも皆、心配しております」

固辞したものの、万之助はどうしてもと見舞いを結寿に託した。枕元にそっと置くと、幸左衛門はこめかみに青筋を立てた。

「馬鹿もんッ。身内の恥をさらすやつがあるかッ」

「事情をお話ししなければ、こうして出ては来られませんでしたよ。ましてや泊まりがけで看病をするなど……」

「だれが看病してくれと言うた？　泊まりがけだと？　嫁にいった女がこれしきのことで帰るでないッ」

「わたくしが申したのではありませぬ。お祖父さまがご不便だろうから、一日二日、ぜひともついていてやれと旦那さまが……」

「うるさいッ。不便なものか。とっとと帰れ」

幸左衛門はそっぽを向こうとした。その拍子に骨の折れた右足を動かしてしまったのか、「アイタタタ……」と顔をしかめる。

百介は袖で口を隠してくすくす笑っていた。

結寿は唇に指を立てて百介をにらみ、もう一度、祖父の顔を覗《のぞ》き込む。

「わたくしを追い返したければ、早《はよ》う治っていただかなければ……。大事なお祖父さまに寝込んでいられては、わたくし、心配で夜も寝られませせぬ」

お愛想《あいそ》ではない。本当に心配でたまらなかった。

幸左衛門は目をつぶっている。返事をするのが照れくさくて、寝たふりをしているのだろう。

小源太から聞いた話をしようか――。

ふっと思ったが、やめておくことにした。怪我をしていては探索などできない。よけいなことを聞かせれば、かえって苛立《いらだ》たせてしまいそうだ。

「ではお祖父さま、しばらくお休みください」

結寿は台所へ立とうとした。と、幸左衛門がなにか言った。「え?」と、枕元へにじり寄る。

「首がスースーする。夜具を……」

首が隙間風に当たらないよう、結寿は身をかがめて夜具を引き上げた。

と、そのときだ。

「万事順調に、いっておるか」

ぼそっと訊《き》かれた。結寿ははっとする。

「辛《つろ》うはないか」

孫娘が叶《かな》わぬ恋をしていたことに、幸左衛門も薄々感づいていたようだった。結婚は家と家との取り決め。どうにもならぬとわかっていても、結寿が恋心を断ち切って婚家になじめるかどうか、祖父は祖父なりに案じていたにちがいない。

本音を言えば、辛《つら》かった。

けれどそれは恋心を断ち切れない辛さというより、万之助や小山田家の人々へのうしろめたさや、いつまでも未練を断ち切れない自分自身への苛立ちからくる辛さというほうが正しい。

「わたくしは幸せに暮らしております。皆さま、ようしてくださいますし……」

フン、と、幸左衛門は鼻を鳴らした。

「ご心配には及びませせぬ。よき家に嫁いだと思うております」

結寿はそそくさと腰を上げる。

そう。わたくしほど恵まれた女はいない――。

半分は本心から、あとの半分は自分に言い聞かせるために、結寿は胸の内でつぶやいた。

三

武家屋敷町にある小山田家とちがって、幸左衛門の隠宅は町家にかこまれている。さやかな町ながら、早朝から雑多な物音が聞こえてきた。

そんなことも、結寿はうれしい。

「お嬢さまがいらしてくだすったので、甘えておられるのでござんしょう」

百介が笑いをこらえながら言ったように、暑いの寒いの、腹が減ったの喉が渇いたの、この薬は効かぬ、うるそうて眠れぬ、退屈だ宗仙《そうせん》を呼べ……幸左衛門はここぞとばかり孫娘に手を焼かせた。が、それさえも、結寿は楽しかった。

絵師で俳諧の師匠でもある弓削田《ゆげた》宗仙は昼時にやって来て、いつものように幸左衛門と碁を打った。母屋からは傳蔵も観戦に来て、こちらはいつもほどの元気はないものの、しばらく油を売って帰って行った。

「なにも、ゆすら庵のせいではないのですから……」

「へい。けどまァ、噂ってェもんは恐ろしゅうございます」

口入屋は商売あがったりだという。

約束どおり、結寿は汁粉をつくって、子供たちにもふるまった。小源太だけでなく、姉のもとも兄の弥之吉《やのきち》も大喜びである。

もとは幸左衛門のお気に入りで、結寿が嫁いだあとは、なにくれとなく老人の世話をしてくれている。

そうしているあいだにも、幸左衛門の災難を知らない弟子たちが次々にやって来た。そのたびに百介は、

「かつてのお仲間に拝み倒されて助太刀に出向いたのでございます。お仲間がしくじりをしてあわや殺《や》られる……てなとこへ、旦那さまは果敢にも飛び出されて、なみいる敵をばったばったと……」

などと、身振り手振りで幸左衛門の怪我のわけを話して聞かせた。もちろん、一から十まででたらめである。

もしや、道三郎さまも——。

玄関で話し声が聞こえるたびに、結寿は胸を高鳴らせた。

別れた人である。狸穴坂を上り下りしているとき以外は思い出すことさえ禁じると誓

った相手だった。万が一、道三郎が訪ねて来ても、出て行くつもりはない。話をするなどもってのほかである。

それでも、こっそり顔を見るくらいなら、許されるのではないか。

心待ちにしていたものの、道三郎は現れない。

「お祖父さま。もとちゃんもよう働いてくれますし、わたくし、今夜は小山田へ帰ります」

結寿は祖父に告げた。こうして道三郎を待ちわびてしまう自分が不甲斐《ふがい》なかった。幸い祖父は元気だ。心配はない。

「うむ。それがよい。おまえがいなくても困りはせぬわ」

本心はともあれ、幸左衛門も帰宅を勧めた。

せめて夕餉《ゆうげ》を一緒にしてからと仕度にとりかかろうとしていたところへ、小源太が呼びに来た。

「姉ちゃん。昨日の話だけど……」

「中間を見たっていう？」

「ウン。おいらと稲荷へ行ってくれ」

「どうして？」

「なにか思い出すかもしれないからサ」

どうしても一緒に稲荷へ行きたいらしい。中間の話はこじつけのような気もしたが、結寿はうなずいた。小源太も、せっかくの機会を逃したくないのだろう。婚家へ帰ってしまえば、今度はいつ会えるか……。

馬場丁稲荷は麻布十番の通りを下った先にあるので、行き帰りゆっくり歩いて、心ゆくまでお詣《まい》りをしても、四半刻《とき》（約三十分）はかからない。

「では、行きましょう」

二人は連れだって出かけた。

昨日の仏頂面とは大ちがい、今日の小源太は機嫌がいい。ただし、どういうわけか、道中でも境内でもきょろきょろと落ち着かない。

並んでお詣りをした。

「なにか、思い出しましたか」

「ええと……紋、かな」

「若いお武家さまのお着物の家紋、ですね、小源太どのをにらみつけたという」

うなずきながらも、小源太の視線は鳥居の先をさまよっている。

「どんな家紋でしたか」

「ええと……ええと……棒に、丸がみっつ」

結寿は上の空の小源太をせっついて、地面に家紋を描かせた。

「一文字三星ですね。このあたりでこの家紋をつかっている家を調べれば……」

言いかけたとき、小源太が「あッ」と叫んだ。小源太の視線を追いかけた結寿も、境内へ駆け込んできた人影を見て目をみはる。

「まァ、彦太郎《ひこたろう》どのッ」

「なァんだ。妻木さまが来ると思ったのに」

「さては小源太どの、わたくしたちを引き合わせるために稲荷へゆこうと言うたのですね」

なにも知らない彦太郎は、もう目の前まで来ている。道三郎の息子は、結寿を見るとまぶしそうに目を細め、礼儀正しく挨拶をした。

「そうか。結寿さまがおいでだったのですね。それなら、無理にも父上を引っぱって来るべきでした」

見かけは小源太と似たり寄ったりの子供ながら、彦太郎は最後に会ったときより一段と大人びていた。

おそらく、厳しく躾《しつ》けられているのだろう。となればあの女性《によしよう》——道三郎の又従妹《またいとこ》の勝代《かつよ》とかいう女——が母親役をつとめているのかもしれない。

胸がずきりとした。が、結寿は胸の痛みを隠して笑顔を取りつくろった。

「いいえ。彦太郎どのにお会いできれば十分。どうですか。文武に励んでおられますか」

はいッと答えた彦太郎は、そこで困惑顔になる。

「なにか大事な用事があったのでしょう？　それがしでお役に立てましょうか」

彦太郎に目を向けられて、小源太は口をもごもごさせた。結寿と道三郎を強引に逢《あ》わせるために謀《はか》ったことなので、計画が狂った今は、得意のでまかせさえ、とっさには浮かばないのだろう。

「姉ちゃん……」

「ええ。そうね。わたくしから話します。彦太郎どの、実はね……」

やむなく結寿が助け船を出すことになった。

「この界隈《かいわい》で盗難騒ぎがあったのです。ゆすら庵にもかかわることなので、お祖父さまはご自分で賊を捕らえるとはりきっていらしたのですが……」

結寿は島田家の蔵が荒らされた話をした。姿を消した中間を昨日、小源太がここで見かけたこと、かかわりはなさそうだが久保寺家の銘刀盗難事件についても話した。むろん、幸左衛門の不名誉な負傷も……。

「お祖父さまがお怪我をッ」

「心配はいりませぬ。ただ、そんなわけで祖父は探索ができなくなってしまいました。火盗改方もご両家の盗難については手を引いてしまったそうで……」

「なぜですか。妙ですね」

「そうなのです。それで、お父上にお調べいただけないかと……」

彦太郎はすまなそうな目になった。

「伝えておきます。ですが父は恐ろしく多忙で、こちらまで手がまわるかどうか……。浅草や本所でもこのところ盗賊騒ぎが相次いでいます。こちらとは明らかにちがう、凶悪で狡知《こうち》な賊です。それでなくても……」

と言って、彦太郎は眉根を寄せた。

「父は飛びまわってばかりで、ほとんど家にはおりませぬ。新しい母が来てからは、まだ数えるほどしか……」

新しい母――。

結寿は、鉄槌《てっつい》で頭を打たれたような気がした。

それでは、やはり、道三郎は勝代を妻に迎えたのか。

もちろん予想はしていた。勝代は道三郎の家に自ら乗り込んできたのだから。親の言うなりに小山田家へ嫁いでしまった自分に不服は言えない。言えないことは承知していた。それでも……辛い。

自分を立て直すのにしばらく時がかかった。が、幸いなことに、結寿の助け船で元気を取り戻した小源太が、彦太郎に中間の話をしていた。話に熱中している二人には、結寿の心の変化などわかるはずもない。

「島田さまも久保寺さまも、盗難はなかったものと訴えを引っ込めてしまわれました。このことは、とりあえずお耳に入れておいてくださるだけでよいと、そうお父上には伝えてくださいさい。それより、巷《ちまた》を脅かしている盗賊を一日も早う捕まえていただかなければ……」

話が終わったところで、結寿がつけ加えると、

「なんでェ、賊は賊じゃねェか」

小源太は唇を尖《とが》らせた。

「帰りにゆすら庵へ寄って、お祖父さまにお見舞いを申し上げます」

「彦太郎どののお顔をご覧になれば、お祖父さまもきっとお元気になられますよ」

結寿は二人をうながして稲荷社を出る。

道三郎が後妻を娶《めと》った——。

隠宅へ帰る道でも、夕餉のあと、百介に送られて小山田家へ帰る道でも、結寿の胸はしくしくとうずいていた。

四

小山田家は穏やかな家風である。舅姑《しゅうとしゅうとめ》も万之助も温和な人だから、結寿は嫁いでからこれまで、家族が声を荒らげる場面を見たことがなかった。

ところが――。

幸左衛門の隠宅から帰った夜、結寿は舅の怒鳴り声を耳にした。こっぴどく叱《しか》られているのは万之助の弟の新之助《しんのすけ》である。十六歳になったばかりの新之助は、塾や道場へ通って文武を磨きながら、養子の口を探しているところだった。

こういう立場を部屋住《へやずみ》という。武家では、家督を継ぐ嫡男《ちゃくなん》以外は、養子の口を見つけるか、でなければ生涯、部屋住の厄介者で終わるか……いずれにしても過酷な宿命《さだめ》が待ち受けている。

結寿は、食事のとき以外は、この義弟とめったに顔を合わせなかった。色白で線が細く、無口で陰気な若者は、いつも下を向いて黙々と食事をしている。ごくたまに話しかければ、頬に血の色を上らせ、面食らったように早口で答える。

まだお若いのだから――。

人怖《ひとお》じしているのだろうと、結寿は気にも留めなかった。

それにしても、舅の怒りはすさまじい。

「新之助どのは、いったいなにを叱られていたのですか」

夫婦の部屋へ戻ってきた万之助に、結寿は訊ねた。

「あやつ、銭ほしさに刀を売っぱらったのだ」

「まァ……」と言ったきり、結寿は絶句した。

昨今は暮らしに困窮して刀を売り払う武士《さむらい》がいると聞く。が、刀は武士の魂である。その魂を売り払うなど信じられない。

万之助もいつになく腹を立てていた。

「父上がお怒りになられるのも当然だ。まったく、なんというやつだ」

「道場へ通うていらしたのではありませぬか」

「真剣で稽古をするわけではないゆえの。ま、どのみち真面目に通うてはおらなんだのよ。似たような仲間と遊んでおったのだろう」

「新之助どのはどうなるのですか」

「どうなる？　父上は勘当だと息巻いておられるが、人聞きも悪い、そこまではなさるまい。しばらく謹慎させ、悪い仲間とは会わぬと約束させるしかないの」

新之助の話はそこまでだった。

その夜、万之助は機嫌が悪く、早々に寝床へ入ってしまった。

結寿も床についたものの、眠れぬままにあれこれ思案をめぐらせる。

どこの家にも、ひとつやふたつ、他人に知られたくない秘密があるものだ。

新之助はむろん非難されて当然だろう。けれど結寿は義弟が少しばかり気の毒にも思えた。あとから生まれてきたというだけで、嫡男と次男には雲泥の差がある。しかも小山田家の嫡男は、品行方正で非の打ち所がない。

そもそも小山田家自体が出来過ぎた家だった。善人ばかりのなかで、新之助は窮屈な思いに耐え、ひとりはじき出されたような心細さを感じていたのではあるまいか。

「非がない」ということは、時にそれ自体、非になり得る。

他にも気にかかることがあった。

新之助は刀を売り払った。つまり、竹光でごまかそうとした。

刀——。

島田家でも久保寺家でも銘刀が盗まれている。しかも両家とも、いったんは騒いだものの、すぐに事件を闇に葬ろうとした。

小源太の目がたしかなら、馬場丁稲荷で姿を消したはずの中間と言い争っていたのは、武家の若者たちだ。

結寿ははっと身を起こした。

島田家や久保寺家にもし新之助のような若者がいたら……。遊ぶ銭ほしさに銘刀を売り払い、こっそり竹光に替えていたところが、銘刀が必要になった。もしそうなら、どうするのか。

島田家の蔵荒しや久保寺家の盗難があらかじめ仕組まれたお芝居だったということも、なきにしもあらず。

「どうした？　眠れぬか」

万之助の声がした。

「すみませぬ。お起こししてしまいましたね」

「いや、おれも眠れなんだ。おまえも新之助のことを案じておるなら……」

「いいえ。そうではありませぬ。少々、気になることがあるのです」

言おうか言うまいか迷ったものの、結寿は思い切って訊ねてみることにした。

「このご近所で、一文字三星の御家紋をつこうておられるお武家さまをご存じありませんか」

唐突な問いに、万之助は面食らったようだ。

「一文字に三星……ふむ……近いところでは、島田さまがそうだの」

やはり……と、結寿はうなずいた。

「島田さまには、新之助どののような次、ご次男、ご三男がおられましょうか」

「ご嫡男以外の男子、ということなら……異母弟がおったか。女中に生ませた子らしいが……くわしいことは新之助が存じておろう。同じ道場に通うておる」

それがどうかしたかと訊き返されて、結寿は首を横に振った。

そこまで聞けば十分である。

もちろん、まだなにも明らかになったわけではなかった。ただの憶測に過ぎない。それでも結寿はもう、頭のなかで事件の真相を組み立てていた。

久保寺家で、たまたま中間が粗相をして追い出された。放蕩《ほうとう》息子は好機到来と小躍りして、銘刀が中間に持ち逃げされたと喧伝《けんでん》した。実はとうに売り払ってしまっていたのだろう。

これを聞いて、島田家の放蕩息子も悪知恵を働かせた。中間を引き込み、賊の役を割り振って銘刀を盗ませた。

これなら、息子がかかわっているのでは……と疑い出した両家があわてて事件を揉《も》み消そうとしたのも、合点がゆく。

自分なりに疑問が解けたので、結寿は胸の痞《つか》えが下りた。

新之助の一件で小山田家が頭を抱えたように、島田家や久保寺家にとってもゆゆしい事件である。けれど、あくまでこれは家庭内の問題だった。道三郎が探索中だという浅草や本所の盗賊の凶暴さとは比べものにならない。

中間は行方知れずのまま。事件もあやふやのまま。それでは信用にひびが入ったゆすら俺だけが割を食うことになる。とはいえ、人の噂も七十五日、大した事件ではないから、そのうち信用は戻るはずである。

道三郎さまによけいな心配をかけてしまった――。

彦太郎から話を聞けば、道三郎のことだ、無理をしてでもこちらの事件に首を突っ込もうとするにちがいない。

わずらわせたくはなかった。

明日、百介に伝言を託さなければ――。

こちらの事件は解決しました、どうぞ、そちらの事件に専心してください……そう、文を書くことにした。

道三郎には妻女がいる。今宵《こよい》も勝代と二人、寄りそって寝ているはずだ。それなのに、やっぱり道三郎のことを考えている自分が哀《かな》しい。

「旦那さま……」

結寿はささやいた。

道三郎の面影を消すために、万之助に身を寄せる。

万之助は眠っていた。

肩すかしを食らったような……されて当然だろう。

唇を嚙《か》みしめ、夫の寝顔を見つめながら、結寿は深い吐息をついた。

五

翌日になっても、小山田家はまだ昨夜の騒動を引きずっていた。

舅はむっつりと押し黙っている。

姑は泣きはらした目をしていた。

万之助は、不機嫌な顔で、与力見習いのお役目に出かけて行った。妻女を娶った今は、家督相続も間近い。

騒動の元である新之助はどうしていたか。物も食べず、座敷にこもりきっていた。いつもと変わらないのは離れに住んでいるお婆《ばあ》さまだけだ。姑に代わって女中たちに家事の指図をするかたわら、結寿はお婆さまの話し相手をつとめた。

そんなこんなで時は過ぎて行く。祖父の具合を見に行くと言いつくろって結寿が家を出たのは、午後も遅い時刻だった。

万之助が帰宅するまでには帰っていたほうがよい。長居をするつもりはなかった。幸左衛門の怪我の様子をたしかめ、百介に昨夜思いついた考えを話して、道三郎に文を託せばそれで済む。

結寿は勾配の急な狸穴坂を早足で下りた。

路地へ入る前に呼び止められる。

「姉ちゃんッ。聞いてくれ」

またもや小源太だった。店がよほど暇なのか、それにしては有頂天である。

「なにかよいことがあったのですか」

結寿のほうは浮き浮きした気分とはほど遠かった。上の空で訊き返すと、小源太は得意げに胸を叩《たた》いた。

「おいら、町方のお手先になるんだ」

「なんですって？」

「妻木さまがサ、おまえは目端《めはし》が利くからお手先にしてやってもいいって」

「馬鹿なことを。小源太どのは家業を引き継ぐのではありませんか」

「どうせ、客なんか来ねェや」

「それは今だけ。すぐにまた忙しくなりますよ」

そんなことより、結寿は訊きたいことがあった。

「妻木さまがいらしたのですか」

昨日の今日である。盗賊騒ぎに忙殺されているはずの道三郎が、こんなに早く駆けつけてくれるとは思わなかった。やはり余計なことを耳に入れてしまったかと、結寿は身のちぢむ思いである。

「妻木さまは……」

「今朝いちばんですっ飛んで来たんだ。昨晩は寝てないんだってサ。どっかでだれかを見張ってたんだって」

道三郎は隠密廻《まわ》りである。今度はなにに扮装《ふんそう》したのか。夜中、見張りをつづけ、早朝、家へ帰ったところで、彦太郎から麻布の事件を知らされたのだろう。

道三郎は、勝代と寄りそって眠っていたのではない。お役目のために不眠不休で働いていたのだ。

「それで、妻木さまは……」

結寿の声が少し大きくなった。

「ようやった、と褒めてくだすったぜ。それから一緒に、島田さまのお屋敷へ行ったんだ」

「ど、どこへ、行ったんですって?」

結寿は目をみはる。

「だから島田さまって旗本屋敷サ。中間がいなくなって、蔵を荒らされたってとこ。一文字に三星ってのは島田さまの御家紋なんだってサ」

「では、小源太どのは、島田さまのご子息の顔をたしかめるために連れて行かれたのですね」

「そうさ。やっぱりあいつだった。稲荷で話してたやつ」

「それならわたくしの思うたとおりです。妻木さまにはご迷惑をかけてしまいましたが、この件はこれで落着ですね」

島田家の息子と中間が結託していたのなら、盗難騒ぎは狂言ということになる。自分の考えが正しかった、道三郎も同じことを考えたのだとわかって、結寿は笑顔になった。

ところが——。

「落着なもんか」

小源太の話にはまだつづきがあった。

道三郎はあろうことか、幸左衛門の手下と偽って島田家に乗り込み、脅したりすかしたりして息子から中間の居所を訊き出したという。

「居所がわかるやいなや、またすっ飛んで行っちまった」

「でも、この件はもう謎が解けたのでしょう。それより本物の盗賊を捕まえなければ……」

「そんなの、だれかに任せりゃいいんだ。妻木さまは悪党の中間を叩きのめして、おいらや父ちゃんの敵《かたき》を討ってくださろうというのサ」

小源太はぶんぶんと片腕を振りまわして、「敵討ちだッ」と雄叫《おたけ》びを上げた。

結寿は首をかしげる。

町方同心が、この大事の最中に、私情で動くことなどあり得ようか。

まだなにかある――。

といっても、ここで小源太と言い争うつもりはなかった。結寿は小源太と別れて隠宅へ向かう。

幸左衛門は寝床で粥《かゆ》を食べていた。顔色がよい。痛みも引いてきたようである。

給仕はもとがしていた。

「もとちゃん、ありがとう。お祖父さま、今日はご気分がよさそうですね。ところで姿が見えないけれど、百介はどこへ出かけたのですか」

挨拶もそこそこに、結寿は訊ねた。

「助太刀に行きおった」

幸左衛門はまんざらでもなさそうな顔。

「助太刀？　なんの助太刀ですか」

「例の中間だ。大捕り物があるらしい」

「大捕り物ッ」

「もう少し若ければ、このわしが采配をふるうのだが……」

「どういうことですか」

「ま、待っておれ。事が済んだら知らせをやる」

なにがなにやらわからぬままに、結寿は隠宅を出た。

幸左衛門は快方に向かっている。伝言を託そうとした百介はいない。もっとも、もはや伝言を託さなくても、道三郎はすべてを承知しているようだったが……。

それにしても、道三郎はなぜ、中間に会いに行ったのか。大捕り物とはなんだろう。

もやもやした胸を抱えて、結寿は狸穴坂を上る。

いくらも行かないところで棒立ちになった。

坂の片側は切り落としになっている。枯れススキの茂みのなかに男の頭が見え隠れしていた。この場所ではじめて出会った日とちがって、頬かぶりこそしていないが――。

「妻木さまッ」

すさまじい速さで時が逆流した。十七歳のときめきが戻ってくる。

あァ、これは夢――。

夢ではなかった。

道三郎は顔をゆがめ、しッと唇に指を立てる。結寿の後方に目をやり、あわてふためいたように手を振りまわした。

呼んでいるのか。こっちへ来いと言っているようにも……。

結寿はうしろを見る。

職人風の男が今しも坂を上ろうとしていた。尻はしょりした着物に股引《ももひき》、草鞋《わらじ》履き、手拭いで頰かぶりをした上に笠《かさ》をかぶっている。肩に籠をぶら下げているのは、雪駄直《せったなお》しのようにも見えたが……。

男は顔を上げた。結寿と目が合うや、ぎくりとしたように立ち止まった。

刹那――。

「おう、なにをしておる？　こっちだこっちだ」

道三郎が駆けて来た。

「ちっとも参らぬゆえ、なんぞあったかと案じたぞ。またあの頑固親父《おやじ》に嫌味を言われておったのではないか。いやァ、こっちもひと騒動よ。婆さまはあそこが痛いここが痛いと騒いでおるし、母者《ははじゃ》はいつものとおり、銭がのうて暮らしが立たぬと泣き言三昧……」

身振り手振りよろしく大声でしゃべりながら、道三郎は結寿の背中を押すように坂を上りはじめる。

こういうとき、定町廻《じょうまちまわ》りのようにひと目でそれとわかる格好をしていないのは好都合だった。道三郎はどう見ても浪人者である。

結寿も即座に気づいていた。坂を上ろうとしている男は何者か。道三郎はなぜ突然、姿を現し、大声でしゃべり立てたのか。そして、自分がこれからなにをしなければならないか、ということも……。

「ほんとうにねえ、なにもあそこまで言わなくたって。まるで手のひらを返すようです。夫婦になったときは、父上だってあんなに喜んでいたのに」

結寿も調子を合わせた。

道三郎は意を得たりと目くばせをする。

「しかしまァ、おれがしくじりをして放り出されたのだ。こんなはずではなかったと腹を立てるのも無理はないさ」

「あれはあなたのせいではありませぬ」

「いや、だまされたおれが悪いのだ」

「あなたは、悪うはありませぬ。悪いのは……」

自分です、と言おうとして、結寿は目を伏せる。

すると、道三郎は結寿の手をつかんだ。ほんの一瞬だったが、その手のぬくもりが結寿の胸にじわりとしみ入る。

「おれにはおまえがいる。それだけで十分だ」

「わたくしも、たとえ親に勘当されようと、あなたについて参ります。あなたさえ、お心変わりをしないでいてくださるなら……」

「おれは変わらぬ。それだけは信じてくれ」

もちろん、うしろから来る男を警戒させないための芝居である。けれど、熱のこもった言葉は、にわか仕立ての台詞《せりふ》ではなかった。

ここは狸穴坂である。

二人はうしろを見なかった。互いの顔も見なかった。前だけを見て歩く。

上りきるや、二人の唇から同時にため息がもれた。

道三郎は結寿をうながし、そのまま飯倉町の大通りを渡った。小山田家のある麻布市兵衛町へ向かって歩いて行く。しばらくして足を止めたときはもう、隠密同心の顔になっていた。

「危ういところだったが首尾ようしのいだ。礼を言う」

雪駄直しと見まごう男は、狸穴坂を上りきって右手へ折れようとしている。

「あれは?」

「賊の一味だ」

「では……」

「おかげでしっぽをつかまえた」

軽く頭を下げ、道三郎は大通りへ向かって駆け出した。職人風の男のあとをつけようというのだろう。

遠ざかってゆく背中を、結寿は茫然《ぼうぜん》と見送る。

まだ胸がときめいていた。熱くなった目頭を指で押さえる。

ひとつ息をついて、結寿は小山田家へ帰って行った。

六

春たけなわ。

柔らかな陽光が射《さ》し込む離れの小座敷で、お婆さまの肩を揉んでいると、

「義姉上《あねうえ》……」

と、遠慮がちな声が聞こえた。

結寿は庭を見る。

咲き誇った紅梅の陰に新之助がいた。恥ずかしそうにもじもじしている。

「すぐ戻ります。しばらく待っていてくださいね」

お婆さまに声をかけて縁側の端まで出て行く。新之助も近づいて来た。目の前まで来て、ぺこりと頭を下げる。

「刀、かたじけのう存じました」

売り払ってしまった刀が手元に戻ってきた。新之助に返したのは結寿だが、結寿に手渡したのは幸左衛門、幸左衛門に届けたのは道三郎である。

浅草や本所界隈を荒らしまわっていた盗賊の正体は、なかなかつかめなかった。手が

かりがないなか、道三郎は盗品を買いとった質屋を見つけた。

質屋は株がなければ営業できない。が、江戸市中にはもぐりの質屋が多数あって、盗品はこうしたもぐりの質屋がさばいている。

お縄にした質屋は盗賊の正体を知らなかったが、道三郎は、盗品と一緒に銘刀がひと振りならず混じっていたことに目をつけた。浅草や本所で盗賊の被害にあったのは商家ばかりで、刀を盗まれたとは聞かない。

そんなとき、彦太郎から、麻布界隈で刀の盗難事件があったと教えられた。道三郎のなかでふたつが結びついた。

結寿と狸穴坂を一緒に上ったあの日、道三郎は職人風の男のあとをつけ、盗賊の正体を暴き出した。同心仲間や岡っ引、捕り方の手を借りて盗賊一味を捕らえたのは数日後だ。これには百介もひと役買ったと聞いている。

結寿は新之助を縁側に座らせ、自分もかたわらへ膝をそろえた。

「わたくしはただお持ちしただけです。お名前は存じませぬが、怪我をして動けぬ祖父の代わりに盗賊をお縄にしたお人が、届けてくださったそうですよ」

「島田家や久保寺家にもお返しくださったそうですね」

「ご両家の盗難ははじめからなかったこと。盗品のなかから刀が見つかっては厄介なことになりましょう。それでひそかに……」

道三郎の機転のおかげで、島田家も久保寺家も難を逃れた。とりわけ中間が盗賊の一味だったと知らされた島田家では、家人一同ふるえあがった。放蕩息子もこれに懲りて、二度と悪事は働かぬはずである。

もちろん久保寺家でも、濡れ衣を着せられたことさえ知らず終《じま》いの中間は別として、島田家の中間に刀を売りさばいてもらった放蕩息子は青くなっていたという。

「なにもかも、義姉上のお祖父さまのおかげです。あのままでは、脅されて仲間に引き込まれていたやもしれませぬ。代金のやりとりで揉めていた者もあるそうですから、あとで仕返しをされていたということも……」

新之助もいまだ悪夢から覚めやらぬようだった。

結寿は笑みを浮かべる。

「それより新之助どの、自棄《やけ》になってはいけませぬよ」

話が変わったので、新之助はけげんな顔をした。

結寿はちらりとお婆さまを見る。

お婆さまは愛猫を膝の上に抱いて、心地よさそうにうたた寝をしていた。人を羨んだり、妬《ねた》んだり、押し退けようとしたり……そんな欲をとうに棄《す》ててしまった老女は、寝顔もあどけない。

「次男は辛い、次男になど生まれるのではなかったとお思いでしょうが、思うようにゆかぬのは、なにも次男だけではありませぬ」

たいして歳のちがわない自分が偉そうに言うことではないとわかっていたが、結寿はなぜか、言わずにはいられなかった。新之助に、ではなく、もしかしたら自分自身に言いたかったのかもしれない。

案の定、新之助は探るような目になった。

「義姉上も、思うようにならぬことがおありなのですか」

結寿は一瞬、目を泳がせた。返す言葉が見つからない。

「おありなのですね」

たたみかけられて、ゆっくり、うなずく。

「もちろんですとも。ない人などおりませぬよ。ほら……」

お婆さまに目を向けた。

「お婆さまもね、思うようにならなかったことばかりだそうです。そのお話を、何度も何度も、とても楽しそうにしてくださいます」

「楽しそうに……」

「ええ。お婆さまくらいのお歳《とし》になると、よき思い出だけでなく、哀しいことや辛いことも、かけがえのない思い出になるのでしょう」

新之助はしばらく黙ってお婆さまの寝顔を眺めていた。同じ家に住んでいながら、はじめて見る、とでもいうような顔だ。

結寿に視線を戻したときは、陰気な目の色が少し明るくなっていた。

「それがしもときおりは、お婆さまと話をしたほうがよさそうですね」

「さようですとも。ついでに肩を揉んでさしあげれば、もっと楽しいお話が聞けるかもしれませぬよ」

「それは、それがしに、肩揉みを押しつけようという魂胆ですか」

「フフフ、見透かされましたね。そのとおりです」

二人は声を合わせて笑う。

と、そのとき、お婆さまがくしゃみをした。

「あらあら大変。お風邪《かぜ》をひかぬよう、羽織を掛けてさしあげなければ」

結寿は腰を上げる。

はじめて聞いた若者のはじけるような笑い声が、まだ耳に残っていた。その声に劣らず朗らかに笑った自分の声も谺《こだま》している。

「お婆さま。新之助どのがお話し相手をしてくださるそうですよ」

羽織の重みで目を開けたお婆さまには、聞こえたかどうか、にこにこ笑いながら愛猫と一緒にぐいと伸びをした。

解説

高橋千劔破

時代小説にとって、時代背景は極めて重要である。同じ江戸時代でも、たとえば寛永年間と元禄時代、あるいは文化文政期と幕末では、町のたたずまいも風俗も大いに異なる。時代小説は、ストーリーはフィクションが主体であっても、その「時代」の世相や風物を巧みに織り込むことによって成り立つ。江戸のどの時代のどの地域が舞台かによって、味わいもまた違ってくる。

本作は、結寿《ゆず》という名の武家の娘を主人公とした時代小説「狸穴《まみあな》あいあい坂」シリーズの二作目である。

前作は八話からなるが、その第一話に、

「四十年前とは、寛政三年（一七九一）の春。」

という一行があり、天保二年（一八三一）の話であることがわかる。その正月から翌年の早春までの一年間、結寿十七歳から十八歳までの物語である。

本作はその続編なので、冒頭の、

「春というのに、お江戸は時ならぬ雪景色。」

は、天保三年の春ということになる。結寿は十八歳だ。前作同様八話からなり、結寿十九歳の春までが描かれる。

結寿が生まれたのは、逆算すれば文化十二年（一八一五）である。数え年は、生まれた年が一歳で、新年を迎えるごとに一つずつ歳を取る。結寿が少女時代を過ごしたのは、文化文政期だ。江戸に、町人を中心とした化政文化が花開いた時代である。読本や滑稽本や人情本などの大衆小説、歌舞伎や浮世絵も庶民の風俗を背景としたものが流行《はや》り、俳諧なども盛んであった。いっぽう、裕福な町人たちと一部の武士層が価値観を共有して融合していたのが、当時の江戸であった。

文政十三年の十二月十日に天保と元号が変わり、年が明けて天保二年となった。天保となったばかりの十二月二十三日に、小伝馬町から出火して千五百軒が類焼するという大火があった。だが、天保二年、三年は、江戸に大火というほどの火事はなかった。寺《てら》門静軒《かどせいけん》の『江戸繁昌記』や葛飾北斎《かつしかほくさい》の「富嶽三十六景」が版行されたのは天保二年のこと。またこの年の八月、十返舎一九《じっぺんしゃいっく》が没している。本作の著者諸田玲子の別シリーズ「きりきり舞い」は、一九《いっく》の娘舞《まい》と北斎の娘お栄が主人公だ。天保三年には為永春水《ためながしゅんすい》の『春色梅児誉美《しゅんしょくうめごよみ》』の初編が出て評判となるが、のちに春水は風紀を乱したという罪で、手鎖《てぐさり》の刑を受けることになる。鼠小僧次郎吉が捕まって処刑されたのも、天保三年のことである。

さて、結寿が生まれたのは麻布竜土町（現在の六本木七丁目）。十五の年からは祖父と一緒に狸穴町に住んでいる。竜土町と狸穴町は直線距離にして一・二キロほど、ゆっくり歩いても三十分はかからない。その界隈《かいわい》が本シリーズの舞台である。現在の麻布、六本木界隈だ。坂だらけの丘陵地帯だが、江戸中期以後は大名や旗本の屋敷、中・下級役人の役宅などが建ち並び、その間に町屋の地区と寺社地が入り込んでいるという、まさに武士と町人が融合している地域であった。

麻布は、もとは麻生で、浅茅《あさぢ》（ちがや）が生い茂る土地であったという。狸穴町は、谷筋に当たり、狸やムジナの棲む所、また魔魅《まみ》の棲む土地、あるいは、享保六年（一七二一）に雲母《うんも》を掘った間歩穴《まぶあな》があったので訛《なま》ってマミ穴と呼ばれるようになった、などといわれる。竜土町は、もとは猟人《りようど》（漁人）村であった。元和年間（一六一五〜二四）に、芝愛宕下《しばあたごした》の漁師たちが移り住んだので、そう呼ばれたという。いずれにせよ未開地だ。それが結寿が生まれ育ったころには、武家屋敷と町屋が混在する地域に発展していた。

結寿の祖父溝口幸左衛門の隠居宅は、狸穴町の町屋「ゆすら庵」の離れである。「ゆすら庵」の裏庭には、山桜桃《ゆすらうめ》の大木がある。大木といっても庭木であり、結寿の背丈の倍ほどだ。

箒《ほうき》状に繁るこの花木は、春先に葉に先駆けて蕾《つぼみ》をつけ、四月ごろ（旧暦三月ごろ）に開花し、葉も出始める。花は白もしくは淡紅色、枝いっぱいに咲く。花が散ったあとには小さな果実をつけ、六月ごろ（旧暦五月ごろ）には熟して、食べられる。やがて秋には葉が落ち、翌春また沢山の蕾をつける。

前作にも本作にも、四季折々の「ゆすら庵」の山桜桃のたたずまいが描かれ、作品に季節感とうるおいを与えている。

ところで、麻布・六本木界隈にはいまも坂が多いが、ほとんどが江戸時代から続く名前で呼ばれている。狸穴坂から西へ辿《たど》っていくと、鼠坂、植木坂、永坂（長坂）、於多福坂、鳥居坂、そこから南へ行くと暗闇坂、大黒坂、狸坂、一本松坂、さらに南の仙台坂、その西方の南部坂という具合である。なお「忠臣蔵」の名場面のひとつ、「南部坂雪の別れ」の坂は、狸穴坂の北方の六本木二丁目と赤坂二丁目の境にある南部坂である。

本シリーズにも、いくつもの坂が登場するが、いまの坂に往時を偲《しの》ぶことはできない。とはいえ、坂名が往時を偲ぶよすがにはなる。たとえば、一本松坂の頂部の松に関しては、多くの伝説がある。他にも曰《いわ》く因縁《いんねん》のありそうな坂名は少なくない。興味のある方は調べてみてはいかがだろうか。

さて、まずは前作から語ろう。

結寿は、火付盗賊改方与力溝口幸一郎の娘で、家族はほかに祖父と義母と腹違いの弟妹がいる。祖父の幸左衛門は、かつて火盗改方の与力として剛腕をふるった人物で、息子に家督を譲ったとはいえ、息子夫婦とは別居し、十手捕り縄を御先手組《おさきてぐみ》の若い者に教えるなどしている。捜査があれば勝手に事件に介入したりもする。結寿は、頑迷で偏屈なこの祖父となぜか気が合い、縁談をすすめる親元を離れ、祖父と一緒に暮している。作品の背景には、火盗改方と八丁堀の町方との確執がある。ところが結寿は、十歳も年上の八丁堀同心妻木道三郎に惚れているのだ。しかも彼は子連れである。二人の恋の行方はどうなるのか――。また春が巡ってきて、二人の間にも春の兆しが見えてきたところで、前作は終わる。

そして、本作だ。二人の恋が成就するのかと思いきや、そうはならなかった。なんと結寿は、御先手組の与力小山田家との縁談が進み……。かといって二人の恋が終わったわけではない。狸穴坂での束の間の逢瀬が、この後どうなっていくのか――。その先は次作を待つしかないが、読者としては気が揉めるところである。

火付盗賊改役といえば、池波正太郎の「鬼平犯科帳」で知られた長谷川平蔵が有名である。実在の人物で、本シリーズの前作にも、四十年前に平蔵が、江戸を荒らし回っていた盗賊の葵小僧を捕えた話が、ちょっとだけ出てくる。火盗改役は、御先手組の組頭が加役《かやく》（兼務役）として任じられた。その配下に五騎から十騎の与力がおり、その下に三十人から五十人の同心がいた。与力は寄騎で馬に乗ることができ、何人といわずに何騎といった。同心は馬に乗れない。町方すなわち町奉行配下の与力・同心も同様である。結寿の家は与力である。火盗改方は、放火や強盗殺人事件また博徒などの凶悪犯を捕え処断する役職だ。その与力・同心は、本役同様御先手組の者たちが加役として任じられ、役宅は麻布竜土町ほかにあった。町方と競合することも少なくないが、火盗改方は問答無用で犯人を捕え、ろくな取り調べもせずに拷問《ごうもん》で自白させるなどし、役宅で処断した。このため火盗改方に対する評判は悪く、恐れられる存在であった。

町奉行所は南北に二カ所あり、南町奉行所は現在のJR有楽町駅近くのマリオンの辺り、北町奉行所は東京駅八重洲北口の辺りにあった。南北二人の町奉行それぞれに、与力二十五騎、同心百二十人がついた。南北合わせて五十騎二百四十人である。与力・同心の役宅は多くが八丁堀にあった。彼らのほとんどは、江戸の行政全般にわたる役所の仕事に当たる文官で、極めて多忙であった。犯罪捜査を担当したのは南北それぞれ十四人の同心で、ひと月交替で任務に当たった。十四人とは「三廻《さんまわ》り」で、定町《じようまち》廻り六人、臨時廻り六人、隠密廻り二人である。三ツ紋の黒羽織に着流し、朱房の十手を持ち刃引の長脇差を一本差しにした粋なスタイルで人気があったのは、定町廻り同心だ。隠密廻りは定服がなく、時に応じて服装を変えた。妻木道三郎は、北町奉行所属の隠密廻り同心という設定になっている。

前作同様に本作でも、八話それぞれが何らかの事件にからみ、結寿や道三郎また幸左衛門が活躍する。とはいえ、一大事件というほどのものはない。放火事件もあるが武家屋敷が半焼しただけだ。火盗改方と町方が競って事件を解明していく、といってもシリアスなサスペンスドラマではない。むしろ、ほのぼのとした情感の漂う、心の和む作品である。読者の心をつないでいるのは、結寿と道三郎の道ならぬ恋の行方だ。天保二年の春から四年の春までの二年間、江戸は概ね平和であった。

ところが、この後天保四年春から五年春にかけて、江戸は激変する。八月に関東地方が大暴風雨に見舞われ、江戸も甚大な被害を蒙《こうむ》った。食えなくなった各地の農民が江戸に流入し、米価は高騰、あちこちで打ち壊しが起こった。幕府は貧民救済のために米銭《べいせん》を配ったりしたが、焼け石に水であった。もともと薄給であった火盗改方や町方の与力・同心も困窮していくことになる。そのうえ、天保五年の春まだ浅き二月七日から十日にかけて、東神田一円から日本橋・京橋・芝までの大半を焼き尽くし、数千名の焼死者を出すという大火が、江戸を襲った。狸穴坂の上からは、猛火の様子が手に取るように見えたであろう。八丁堀の道三郎の役宅はどうなったのか――。

それでも、「ゆすら庵」の山桜桃は満開の花をつけたに違いない。

（たかはし・ちはや　文芸評論家）

この作品は二〇一一年七月、集英社より刊行されました。

諸田玲子の本

好評発売中

おんな泉岳寺

浅野内匠頭が眠る泉岳寺に墓参した瑶泉院は、吉良の妻・富子を見た。亡夫の無念を晴らしたい瑶泉院と、夫の危機に心痛の富子。妻心を綴る表題作ほか、実在の人物を描く傑作時代短編集。

狸穴《まみあな》あいあい坂

かつて火盗改方与力として豪腕をふるった祖父と暮らす結寿。ひょんなことで知り合った八丁堀同心・妻木と共に麻布狸穴界隈で起きる不思議な事件の解決に力をつくす連作時代小説。

炎天の雪（上・下）

宝暦の金沢城下。駆け落ちをした細工人・白銀屋与左衛門と武家の娘・多美。二人の前に、加賀騒動の生き残り、鳥屋佐七が現れ……。過酷な運命に巻き込まれた男女の激しく切ない物語。

集英社文庫

集英社文庫

恋《こい》かたみ 狸穴《まみあな》あいあい坂《ざか》

2014年7月25日 第1刷
2023年3月13日 第3刷

定価はカバーに表示してあります。

著　者　諸田玲子《もろたれいこ》

発行者　樋口尚也

発行所　株式会社 集英社
東京都千代田区一ツ橋2-5-10　〒101-8050
電話　【編集部】03-3230-6095
　　　【読者係】03-3230-6080
　　　【販売部】03-3230-6393(書店専用)

印　刷　凸版印刷株式会社

製　本　加藤製本株式会社

フォーマットデザイン　アリヤマデザインストア　　マークデザイン　居山浩二

ISBN978-4-08-745207-5 C0193